新装版

必殺闇同心 四匹の殺し屋

黒崎裕一郎

祥伝社文庫

目次

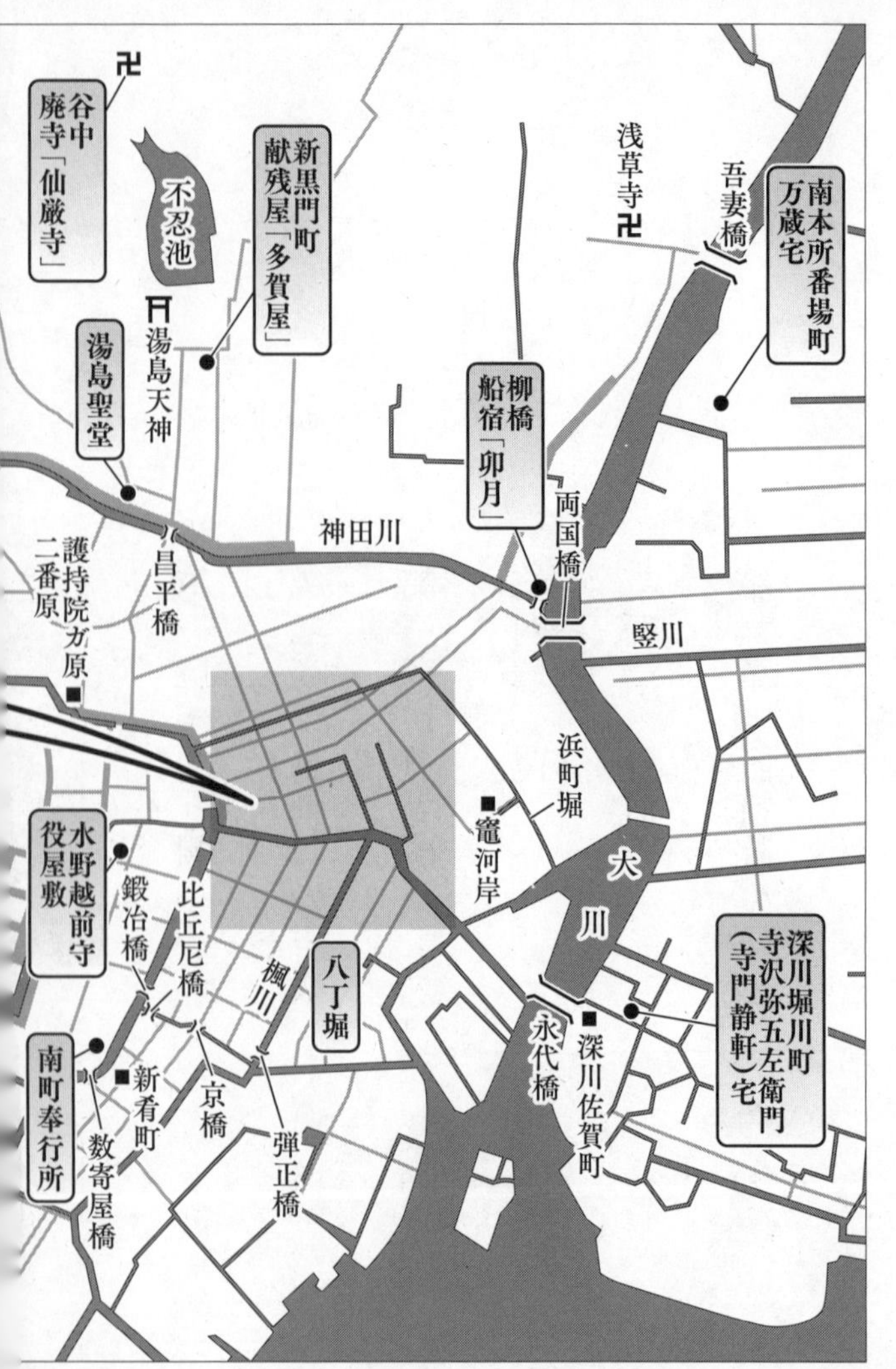
南本所番場町
万蔵宅
吾妻橋
浅草寺
谷中
廃寺「仙厳寺」
不忍池
新黒門町
献残屋「多賀屋」
湯島天神
湯島聖堂
柳橋
船宿「卯月」
両国橋
神田川
昌平橋
護持院ガ原
二番原
竪川
浜町堀
竈河岸
大
川
水野越前守
役屋敷
鍛冶橋
比丘尼橋
楓川
八丁堀
深川堀川町
寺沢弥五左衛門
（寺門静軒）宅
永代橋
深川佐賀町
南町奉行所
新肴町
京橋
弾正橋
数寄屋橋

「必殺闇同心 四匹の殺し屋」の舞台
北
西
東
南
小石川片町
明屋敷
牛込原町
堀内道場
飯田町
絵双紙屋「金峰堂」
神田神保小路
谷沢菊右衛門宅
日本橋界隈
小伝馬町
牢屋敷
日本橋瀬戸物町
小夜宅
日本橋駿河町
薬種問屋「神崎屋」
日本橋堀留町
料亭「杉野」
雲母橋
千鳥橋
江戸城
日本橋
呉服橋
日本橋品川町
旅籠「升屋」
萬町
生薬屋「井筒屋」
日本橋小網町
半次郎 舟小屋

地図作成／三潮社

第一章　闇と闇

1

蒼い闇が立ち込めている。

その闇の奥に、永い歳月風雨にさらされて、いまにもひしげそうな鐘楼が建っている。

場所は谷中の廃寺『仙厳寺』の境内である。

鐘楼といっても、肝心の梵鐘や撞木はなく、朽ちた四本の柱が崩れかけた寄棟の瓦屋根をかろうじて支えているだけの、いわば残骸に過ぎなかった。

かつてこの寺は真言宗・仁和寺の末寺として栄えていたが、照円という若い住職が吉原の花魁に入れ揚げたあげく、莫大な借財を作って行方をくらましてしまったために、押しかけた借金取りが本堂の仏像や仏具など金目の物を、まるで略奪するように一切合切持ち去っていった。鐘楼の梵鐘もそのときに古鉄屋が持ち去ったのであろう。

いまからもう十五、六年前の話である。

それ以来、『仙厳寺』は再建されることもなく、荒れ放題の廃墟と化していた。

初夏の気配をふくんだ生温かい風が廃寺の境内を吹き抜けてゆく。

鐘楼の周囲に生い茂った雑草がさわさわと波打ち、あたかもその風に運ばれてきたように、忽然として鐘楼の前に一つの黒影が現れた。

町人体の男である。背はさほど高くはないが、肩幅が広く、がっしりした体軀、茶縞の単衣の着流し、腰に朱塗りの脇差を落とし、菅の一文字笠で面体を隠している。

男は鐘楼の石段を二段ほど上って足を止めると、菅笠の下からあたりを用心深く見渡しながら、右手を高々とかざした。すると、それを合図に闇のあちこちから黒い影が姿を現し、音もなく鐘楼の前に歩み寄ってきた。四人の男たちである。

一人は色あせた黒羽二重に朽葉色の袴をはいた長身の浪人者で、名は影山惣十郎、歳は三十二、甲源一刀流の使い手を自称している。

二人目は雲突くような巨漢である、相撲取り上がりのやくざ者で、通り名を雷の岩五郎という。三人目は中肉中背、狐のように目が細く、右頬に五寸（約十五・二センチ）ほどの刃物の傷痕がある三十なかばの男、通り名は鳥刺しの吉次。

そして四人目は、猿のように小柄な四十年配の男、通り名は寸鉄の卯三郎である。

「さっそくだが……」

菅笠の男が石段の上から四人の男たちを睥睨し、嗄れた声でいった。四人は無言で石段の上の男を見上げた。

「今回の獲物はこいつだ」

男が懐中から折り畳んだ紙を取り出して、四人の前にひらりと投げ出した。

影山惣十郎がそれを拾い上げて素早く視線を走らせ、隣に立っている雷の岩五郎に手渡した。何かが記されたその紙は、岩五郎から鳥刺しの吉次の手に渡り、さらに吉次から寸鉄の卯三郎へと手渡された。

「で、仕事料は？」

影山が低く訊き返した。

「一両」

菅笠の男がぼそりと応える。

「なんだ、たった一両か」

影山は口の端に冷笑を浮かべた。眉が薄く、酷薄そうな面貌をしている。その横に並び立つ雷の岩五郎、鳥刺しの吉次、寸鉄の卯三郎の口からも期待はずれの吐息が洩れた。

「元締め、もうちょっと色をつけてもらえやせんかね」

と吉次が不満そうにいうのへ、

「相手は五十の坂を越した商人なんだぜ。おめえさんたちの腕なら、赤子の手をひねるようなもんじゃねえのかい」

元締めと呼ばれた菅笠の男は、伝法な口調でいい返した。どうやらこの連中は、金で人の命を売り買いしている〝闇稼業〟の面々らしい。四人の男たちはためらうように互いの顔を見交わしていたが、数瞬の沈黙のあと、

「いまのところ金に不自由はしておらぬ。わしは下りる」

影山惣十郎がにべもなくいい捨てて、足早に立ち去った。菅笠の男は小さく舌打ちして残る三人の顔を見回した。

「ほかに請ける者はいねえかい？」

「よし、おれが請けよう」

ずいと歩み出たのは、巨漢の岩五郎だった。それを尻目に鳥刺しの吉次と寸鉄の卯三郎は、何やらぼそぼそと低くささやき合いながら去って行った。菅笠の男はゆっくり鐘楼の石段を下りると、おもむろにふところから小判を一枚取り出し、岩五郎に手渡した。

「じゃ、岩さん、頼んだぜ」

「承知」

岩五郎はにやりと笑ってみせると、巨体を揺すりながら闇の深みに消えていった。

「毎度ありがとうございます。またお立ち寄りくださいまし」

仲居の愛想のいい声に送られて、初老の男がほろ酔い機嫌で網代門を出てきた。

日本橋堀留町の料亭『杉野』の表である。男は日本橋駿河町の薬種問屋『神崎屋』の主人・徳兵衛であった。この夜『杉野』で問屋仲間の寄り合いがあったのだが、徳兵衛は所用があって先に辞去したのである。

伊勢堀の堀端通りに出た。

時刻は五ツ半（午後九時）を過ぎている。この時刻になると堀端通りを歩く人間はもういなかった。西の空の低いところに、いまにも落ちそうに上弦の細い月が浮いている。

雲母橋の北詰に差しかかったところで、徳兵衛は背後に人の気配を感じて振り返った。闇の奥から黒い影が足早にやってくる。六尺（約百八十一・八センチ）ゆたかな大男である。しかも手拭いで頰かぶりをしている。雷の岩五郎だった。

徳兵衛は気味悪そうに背中を丸めて歩度を速めた。

ズンズンと地響きのような足音が背後に迫ってくる。男を先に行かせようと思って足をゆるめたとき、背中に風圧を感じた。大男が間近に迫ったのである。

徳兵衛がさらに歩度をゆるめようとした瞬間、いきなり背後から丸太のような太い両腕が伸びて、徳兵衛の首をむんずとつかんだ。

「うっ」

喉が圧迫されて声が出ない。体がふわりと宙に浮いた。

徳兵衛は両手足を必死にばたつかせて男の手から逃れようとしたが、まるで首に鉄輪をかまされたようにびくともしなかった。次の瞬間、グキッと鈍い音がして、徳兵衛の頸が異様にねじ曲がった。顔は間延びしたように弛緩している。見開いた目はうつろに宙を見据え、半開きの口からは舌がだらりと垂れ下がっている。

弛緩したのは顔だけではなかった。全身の筋肉も弛緩している。

岩五郎が手を放すと、徳兵衛は糸の切れた傀儡のように体を折り曲げながら、地面に崩れ落ちていった。俯せに倒れているのに、顔だけが真上を向いている。首の骨を折られ、顔がねじ曲がっているのである。ほとんど即死状態だった。

徳兵衛の死体に冷やかな一瞥をくれると、岩五郎は地響きのような足音を残して、悠然と闇のかなたに消えていった。


天保十四年（一八四三）癸卯五月四日、朝――。

空は雲ひとつなく晴れ渡っている。風もなく、爽やかな朝だった。

仕事先に向かう職人や人足、お店者などがせわしなげに行き交う京橋川の河畔の道を、長身の侍が生あくびをしながら、のんびりと歩いている。

髷は粋な小銀杏、三つ紋付きの黒羽織に鳶茶の着流し、紺足袋に白鼻緒の雪駄ばき、腰に大小を差している。いわゆる〝八丁堀風〟といういでたちである。

やや面長な顔、髭の剃り痕が青々として、見るからに精悍な面構えをしている。

名は仙波直次郎、歳三十二、南町奉行所の同心である。

八丁堀の組屋敷から、数寄屋橋御門内の南町奉行所までは、およそ四半刻（約三十分）の距離である。京橋川の北岸の道を西に向かい、比丘尼橋を渡って数寄屋橋河岸へ出るのが直次郎のいつもの道順だった。

「おはよっ」

比丘尼橋を渡り終えたところで、ふいに背後から寛闊な女の声がかかった。振り返って見ると、赤い襷がけに紺の前掛け、背中に大きな台箱を背負った若い女が足早に歩み寄ってきた。女髪結いの小夜である。

「おう、小夜。朝っぱらから仕事か」

「西紺屋町の伽羅問屋のお内儀さんがね、祝い事があるんで朝一番で髪を結ってもらいたいって」

　横に並んで歩きながら、小夜はそういった。歳は直次郎より十歳若い二十二。勝気そうな顔をしているが、よく見ると目鼻だちのととのった、なかなかの美形である。

　女髪結いは定所に床（店）を構えず、市中をめぐり歩いて仕事をする、いわゆる「廻り髪結い」である。小夜は日本橋や京橋界隈にも十数人の得意客を持っていた。そのほとんどは商家の内儀たちである。

「しばらく見ねえうちに、また一段といい女になったじゃねえか」

　小夜の顔をちらりと見て、直次郎がいった。

「それって、お世辞？」

「おめえに世辞をいってどうするんだ。本気さ」

「じゃ、なおさら怖いね」

「怖い？」

「何か下心があるんじゃないの」

「てやんでえ」

　直次郎は苦笑した。

「あいにくだが、おれは女に不自由してねえ」

「強がりいっちゃって」

「ちッ、口のへらねえ女だぜ」

「あ、そうそう」

と思い出したように、小夜は足をゆるめた。

「ゆうべ、うちの近くで殺しがあったんだけど……、旦那、知ってる？」

「殺し？」

直次郎は足を止めて、のぞき込むようにして小夜の顔を見た。

「いや、知らねえな。誰が殺されたんだい？」

「日本橋駿河町の薬種問屋『神崎屋』のご主人。頸の骨をへし折られていたんだって」

「へえ。そいつは妙な殺しの手口だな。物盗りの仕業か」

「ううん」

小夜はかぶりを振った。

「財布は無事だったそうよ」

「すると、怨みの線か」

「くわしいことはわかんないけど――」

小夜がふっと表情を曇らせた。

「なんだか物騒な世の中になったわね」

「江戸じゃ毎日のように殺しが起きてる。物騒なのは今にはじまったことじゃねえさ。おめえもせいぜい気をつけるこったな」

「ありがとう。じゃ、あたしはここで」

と手を振って、小夜はせかせかと西紺屋町二丁目の路地へ消えていった。そのうしろ姿を横目で見送りながら、直次郎はふたたび歩を踏み出した。そこから数寄屋橋御門内の南町奉行所までは、もう指呼の距離である。

2

「おはようございます。おはようございます」

奉行所内の中廊下をあわただしく行き交う諸役の同心たちに、直次郎はぺこぺこと頭を下げながら奥の自室に向かった。

南町奉行所の建物は平屋造りで、総建坪は千八百十九坪。小者や雑役の下男、賄いの下女などをふくめて、およそ千人が働く巨大庁舎である。奉行の吟味席や与力(よりき)・同心の御用部屋、詰所(つめしょ)、右筆(ゆうひつ)部屋などの枢要(すうよう)な部署は役所の中央部に集中しているが、一般事務職の部屋は、建物の北側のかなり奥まったところにあった。

直次郎がつとめる「両御組姓名掛(りょうおくみせいめいがかり)」の用部屋は、さらに奥まったところの六畳ほどの薄暗い板敷きの部屋である。部屋の東側の壁には書棚がしつらえてあり、書類や帳簿がぎっしり詰まっている。

用部屋に入ると、直次郎は西側の障子(しょうじ)窓を開け放ち、書棚から両御組姓名帳を取り出して文机(ふづくえ)の前に腰を下ろし、姓名欄に目を通しはじめた。

「両御組姓名掛」という役職は、南北両町奉行所の与力・同心の昇進、配転、退隠(たいいん)、賞罰、死亡などを姓名帳に書き加えたり、削除したりするのが主な仕事だが、実際には書棚に積まれた膨大(ぼうだい)な書類を管理するだけの閑職(かんしょく)――現代風にいえば窓際(まどぎわ)族のようなものである。

「両御組姓名掛」に配転になる前まで、直次郎は奉行所の花形といわれる定町(じょうまち)廻(まわ)りを務めていた。

在任中、数々の難事件を解決に導き、辣腕(らつわん)同心として内外に声望の高かった直次郎に青天の霹靂(へきれき)ともいうべき不運が訪れたのは、一昨年(天保十二年)の十二月だった。

突然、奉行の矢部駿河守定謙が罷免され、その後任に目付上がりの鳥居甲斐守耀蔵が抜擢されたのである。

時まさに老中・水野越前守忠邦による「天保の改革」が吹き荒れる最中、一説には鳥居が老中水野に多額の賄賂を贈って町奉行の座を手に入れたとか、また密偵を使って前任の矢部駿河守の冤罪をでっち上げ、失脚に追い込んだという謀略説なども流れたが、直次郎にもくわしい事情はわからなかった。ただ、鳥居耀蔵という人物がすこぶる評判の悪い男であることは確かだった。

　町々で惜しがる奉行　矢部にして
　　どこが鳥居で　何がよう蔵

この落首に詠まれているように、江戸市民は矢部駿河守の退任を惜しみながら、酷吏の悪評高い鳥居耀蔵を「妖怪」（耀甲斐）と呼んで恐れていた。

その鳥居が南町奉行の座に就いたとたん、奉行所内で大幅な人事異動が行われた。前奉行・矢部駿河守の信任の厚かった与力・同心がことごとく更迭されたのである。人事刷新というより、矢部派を一掃するための粛清人事だった。

直次郎も例外ではなかった。矢部の在任中、定町廻り同心として数々の実績をあげてきたために、新奉行の鳥居から「矢部派」と見なされて閑職に追いやられたのである。

以来、奉行所内では、鳥居に阿諛追従する与力や同心たちが肩で風を切って闊歩するようになった。直次郎は、そうした連中から「冷や飯食い」と嘲笑され、あからさまな差別を受けるようになった。ときには自分より年若い同心から使いっ走りを頼まれたり、本来小者がやるべき雑用を押しつけられたりすることもしばしばあったが、しかし当の直次郎はまったく意に介さなかった。

町方同心といっても、しょせんは宮仕えである。公儀の扶持を食んでいる以上、上役の命令には絶対服従であり、それに一々腹を立てていたのでは役人は勤まらない。

——有為転変は人の世の常。

と直次郎は割り切り、面従腹背を決め込んでいる。

書棚から二冊目の姓名帳を取り出して、文机の前に腰を下ろそうとしたとき、

「仙波、仙波はおるか！」

廊下でがなり声がした。直次郎はあわてて姓名帳を棚にもどして遣戸を引き開けた。

内与力の大貫三太夫がずかずかと廊下を踏み鳴らしてやってきた。

「大貫さま、手前に何か？」

「お奉行のお役宅の書物蔵が散らかっておる。すぐ片づけてくれ」

「はァ」

「よいな。すぐにだぞ」

居丈高にいい放つと、大貫はふたたび足を踏み鳴らして傲然と立ち去っていった。

内与力というのは、奉行所に所属する役人ではなく、奉行の鳥居耀蔵に近侍する直属の家臣である。奉行所内ではいわば外様的存在なのだが、鳥居の威光を笠にきて傲岸不遜に振る舞う大貫は、南町の鼻つまみ者として内外に評判が悪かった。

（ちっ、何様のつもりでいやがるんだ）

肚の底で忌ま忌ましげにつぶやきながら、直次郎は用部屋を出た。

奉行・鳥居耀蔵の役宅は表役所の裏にある。玄関は、奉行が日々出入りする表玄関と奉行の奥方や女中衆、下働きの者たちが出入りする広敷玄関の二つがあった。

直次郎は広敷玄関から中に入った。

なまこ塀で囲まれた広大な敷地内には、土蔵が三棟並んで建っている。一番奥が米蔵で次が具足蔵、そして手前が書物蔵である。書物蔵の塗籠戸が開け放たれており、初老の男がひとり、箒やはたきを持ってあわただしく出入りしていた。役宅の雑用を賄う与平という小者である。

「与平」

直次郎が声をかけると、蔵に入りかけた与平が戸口で足を止めて振り返った。

「あ、仙波さま」

「内与力の大貫どのから、書物蔵の片づけをするように申しつかってきたのだが」

「さようでございますか。それはご苦労さまでございます」

与平は腰を低くして頭を下げた。

「おれは何をすればいいのだ?」

「あらかた片づいたのですが……、では、左の棚に積まれている品々を表に運び出していただきましょうか」

「わかった」

うなずいて、直次郎は蔵の中に足を踏み入れた。

土蔵の高窓から差し込む光の帯に、もうもうと埃が舞い立っている。

右側の壁の棚には分厚い書物や綴り、巻物などがうずたかく積まれており、左側の棚には大小の桐箱や長持、陶器の壺、骨董品、漆塗りの什具、紫檀の調度類などがぎっしり詰まっている。それらの品々はすべて諸大名や旗本、市中の商家から奉行の鳥居に贈られた音物——ありていにいえば賄賂である。

直次郎は土間に落ちている細引を拾い上げると、それを襷代わりにして着物の袖をたくし上げ、蔵の棚に積まれた品物をせっせと表に運び出しはじめた。小者の与平がその一つひとつにはたきをかけ、戸口の茣蓙の上に並べてゆく。

「埃を払ったら、またこの品物を土蔵の棚に積み込むのか」

額に浮いた汗を手の甲で拭いながら、直次郎が訊いた。

「いえ、このままで結構です。間もなく『多賀屋』が取りにまいりますので」

「『多賀屋』？」

「下谷広小路の献残屋でございます」

「なるほど、そういうことか」

合点がいったようにうなずいて、直次郎はまた土蔵の中に入って行った。

献残屋とは、大名諸家に献納された品物を払い下げてもらい、それをふたたび店頭で売りさばく商売で、江戸時代の風俗誌『守貞漫稿』には、

「諸武家献備及各互の音物、或は市民より献進の諸物、其の残餘を売る」

とある。現代でいえば、中元や歳暮などの余った贈答品を下取りする、リサイクル業者のようなものである。

蔵の中の品々を残らず表に運び出したところへ、献残屋『多賀屋』の主人が二人の奉公人に荷車を牽かせてやってきた。桑色の紬の羽織に焦げ茶の着物、商人にしては肩幅の広いがっしりした体つきの男である。歳は四十二、三だろうか。鬢に白い物が混じっているが、顔の艶はよく、隙のないしたたかな面構えをしている。

「いつもお世話になっております」

男が揉み手せんばかりに頭を下げた。

「おまえが献残屋のあるじか」

直次郎がじろりと見返した。

「はい。茂平次と申します。失礼でございますが、お役人さまは?」

「両御組姓名掛の仙波直次郎と申す」

「お初にお目もじいたします。今後ともご贔屓のほどを」

「与平、この品を全部引き取ってもらってもよいのだな」

「はい。すべて処分するようにと、お奉行さまから申しつかっております」

「それでは、さっそく」

と莫蓙の上に並べられた品々に目をやり、茂平次は手慣れた感じで十露盤をはじきながら一つずつ値踏みしていった。

「品物は全部で十五点、下取り価格は〆て十六両になりますが」

「おれにいわれても、よくわからん」

といって、直次郎は与平を返り見た。

「どうなんだ？　与平」

「大貫さまは十二、三両になればよいと申しておられました。十六両でしたら十分でございます」

「では、それで引き取ってくれ」

「ありがとう存じます」

茂平次は深々と頭を下げると、二人の奉公人に命じて品物を荷車に積み込ま

せ、

「お代金のほうは手前が直々（じきじき）にお奉行さまにお届けいたしますので、大貫さまにはそのようにお伝えくださいまし」

と再度丁重に頭を下げ、二人の奉公人に荷車を牽かせて立ち去った。直次郎はやれやれといった感じで見送りながら、

「あの男、いつごろからお奉行の役宅に出入りしているのだ？」

「鳥居さまが南のお奉行の座につかれて間もなくでございます」

「すると、もうかれこれ一年半になるか」

「はい」

「それにしても――」

けげんそうに首をかしげながら、直次郎は細引の襷をほどいた。

「献残屋ごときが直々にお奉行に目通りが許されるとはな」

鳥居耀蔵は老中・水野越前守忠邦の腹心中の腹心ともいうべき幕閣（ばっかく）の大物である。市井（しせい）の小商人（こあきんど）が直接面談できるような相手ではない。直次郎でさえ一度も鳥居の顔を見たことがないのである。

「『多賀屋』は、いつもお奉行に直接金を渡しているのか」

「はい。お奉行のお役宅に出入りしている商人の中でも、なぜか『多賀屋』だけが直々のお目見得(めみえ)を許されているのでございます。くわしい事情は手前もよく存じませんが」

「ふーん」

釈然(しゃくぜん)とせぬ顔で、直次郎はあごをぞろりと撫(な)でた。

町方同心の勤務時間は朝五ツ（午前八時）から暮七ツ（午後四時）までの四刻（八時間）である。日本橋石(こく)町の時の鐘が七ツを告げ終わると、それを待ちわびていたように、直次郎は文机の書類を手早く片づけて帰り支度(じたく)をはじめた。そのときである。

「仙波さん、仙波さん」

遣戸越しに嗄(しゃが)れた声がした。戸を引き開けて見ると、廊下に初老の小柄な男が立っていた。隣室の例繰方(れいくりかた)同心・米山兵右衛(よねやまひょうえ)である。

「米山さん――」

「仕事はもうお済みですか」

「ええ」

「もし、よろしかったら、帰りしなに一杯いかがですか」

兵右衛が欠けた歯を見せてにやりと笑った。歳は五十三、例繰方一筋に歩いてきた古参同心で、性格は温厚実直、直次郎が心を許せる数少ない人物の一人である。

「結構ですな」

「じゃ、まいりましょう」

兵右衛はくるりと踵を返して先に立って歩き出した。

奉行所を出て数寄屋橋を渡ると、二人は橋の前の広場を突っ切って、弥左衛門町に足を向けた。暮七ツといっても、西の空はまだまぶしいほど明るい。つらなる甍のあちこちに色鮮やかな鯉のぼりや吹き流しがひるがえっている。

「だいぶ日が長くなりましたな」

歩きながら、兵右衛がぽつりとつぶやいた。

「明日はもう端午の節句ですからねえ。季節のうつろいは早いものです」

そんなやりとりをしながら、弥左衛門町と新肴町との境目の道にさしかかったとき、兵右衛がふと足を止めて、

「あの店にしましょうか」

と指差した。

新肴町の辻角に、丈の短い紺色の暖簾を下げた銘酒屋があった。まだ灯の入っていない軒行燈に『一福』の屋号が記されている。二人はその銘酒屋に入った。

間口は三間（約五・四メートル）ほどだが、店の中は意外に広かった。十坪ほどの土間に欅造りの卓がずらりと並び、奥には小座敷が四つあった。酒を呑むにはまだ時刻が早いせいか、客は三組しかいなかった。いずれも京橋界隈のお店者らしき男たちである。

二人は一番奥の衝立で仕切られた小座敷に上がり、注文を取りにきた小女に冷や酒四本と鰹のたたきを頼んだ。

「今朝ほど、茶をご一緒しようと思って仙波さんの部屋に声をかけたのですが、お留守でした。どこかへお出かけでしたか」

運ばれてきた酒を直次郎の猪口に注ぎながら、兵右衛が訊いた。

「内与力の大貫さんに命じられて、お奉行の書物蔵の片づけをしておりましたよ」

「蔵の片づけですって？」

常になく兵右衛は感情をあらわにして、声をとがらせた。

「ひどい話ですな。仙波さんにそんな下らん仕事をいいつけるなんて言語道断です。他人ごとながら腹が立ちますよ」

「ま、泣く子と地頭には勝てませんからな。致し方ありません。これも冷や飯食いの運命とわたしは割り切っております」

直次郎は自嘲の笑みを浮かべた。

「いやはや、嘆かわしい世の中になったものです」

「ところで――」

と直次郎が急に真顔になって、

「米山さんに一つお伺いしたいことがあるんですが」

「どんなことでしょう?」

「お奉行の役宅に出入りしている『多賀屋』という献残屋をご存じでしょうか」

「ええ、よく存じております」

兵右衛は例繰方という職掌柄、奉行所内の事情に精通している。ちなみに例繰方とは、罪囚の犯罪の状況や断罪の擬律を御仕置裁許帳(現代でいう刑事訴訟の判例集)に記録したり、それに関連する書類を作成し、管理する役職をいう。

「その『多賀屋』が何か？」

「お奉行に直々の目通りを許されているそうですが、何か裏でもあるんですかね？」

「じつは、わたしもかねがね不審に思っていたんですが」

金壺眼（かなつぼまなこ）をしょぼしょぼとしばたたかせながら、兵右衛は一段と声を低くした。

「一言でいえば、金でしょう」

「金？」

「鳥居さまは金銭に細かいお人でしてね。自分の手元金や内緒金には、たとえ内与力の大貫さんであろうとも、いっさい手を触れさせないそうです」

「ほう」

「『多賀屋』との金の授受（じゅじゅ）にしても、自分で直接受け取らないと気が済まないんじゃないでしょうか」

書物蔵の音物の下取り価格は〆て十六両である。一般庶民にとって十六両はかなりの大金だが、知行（ちぎょう）七千五百石の鳥居耀蔵にとっては、ほんの目（め）くされ金（がね）に違いない。

そんなわずかな金さえ自分の手で直（じか）に受け取らなければ気が済まぬというのだ

から、金に細かいというより、金銭に異常な執着心を持っているのだろう。

「まるで守銭奴ですな」

直次郎は苦笑いを浮かべた。

「もっとも、鳥居さまにかぎらず、近ごろの閣老たちは政事そっちのけで、貨殖をもっぱらにする輩ばかりですからねえ」

深々と嘆息をついて兵右衛はそういったが、ふと思い出したように、

「話は変わりますが」

と呑み干した猪口を膳にもどして、直次郎の顔を射すくめた。

「昨夜、また妙な殺しがありましてね」

「薬種問屋の『神崎屋』が殺された事件のことですか？」

「仙波さん、ご存じでしたか」

「今朝方、知り合いから聞きました。頸の骨を折られていたそうですね。またというと以前にも？——」

「ええ、十日ばかり前にも、同じ手口の殺しがあったんです」

「ほう、それは初耳ですな」

「谷沢菊右衛門という御家人が、やはり頸の骨をへし折られて殺されたそうで。

それも道具を使わずに素手でへし折ったようでしてね」

「素手で？」

「ひょっとしたら『闇の殺し人』の仕業ではないかと、巷では そんな噂も流れております」

「や、闇の殺し人！」

直次郎の声が上ずった。

「あくまでも噂に過ぎないのですが、しかし、火のないところに煙は立たぬと申しますからねえ」

「まさか……」

驚愕のあまり、直次郎は絶句した。唇の端がひくひくと引きつっている。

直次郎がこれほど狼狽するのには、理由があった。じつはこの男、南町奉行所同心という貌のほかに、「闇の殺し人」という、もう一つの貌を持っているのである。

殺し人の仲間には、今朝方、比丘尼橋の近くで出会った女髪結いの小夜と、南本所の番場町で古着屋をいとなむ万蔵という男がいる。元締めは、深川堀川町に住む寺沢弥五左衛門なる町儒者で、「一殺多生」の大義のもとに闇の組織を束ねていた。

「一殺多生」とは、多くの善良な人間の命を救うために、一人の悪人を殺すこともやむを得ないという意である。出典は仏書『瑜伽師地論』四一。その言葉を旗印にして、直次郎たち「闇の殺し人」は、これまでに数え切れぬほどの悪人を闇に屠ってきた。だが御家人の谷沢菊右衛門や薬種問屋『神崎屋』のあるじ・徳兵衛は、その数に入っていなかった。殺しの手口も直次郎たちのそれとは明らかに異なる。

米山兵右衛がいうように、もしその二件の殺しが「闇の殺し人」の仕業だとすれば、江戸の裏社会に直次郎たちとは別の組織が存在するということになるのだ。

「殺された二人ですが——」

兵右衛がつづける。

「いずれも財布や紙入れは無事だったそうです。となると、物盗りの仕業ではなさそうですし、頸の骨をへし折るという異常な手口から見ても、どうもただの殺しとは思えんのです」

もっともな理屈である。反論の余地はなかった。

（こいつはただごとじゃねえ）

肚の底でつぶやきながら、直次郎は思わずぶるっと身震いした。

3

翌日の昼ごろ、仙波直次郎は奉行所を出て、近くの一膳めし屋で中食をとったあと、南本所に足を向けた。

空が真っ青に晴れ渡っている。文字どおりの五月晴れである。

大川に架かる吾妻橋の東詰の大欅が、目にしみるような萌葱色の若葉を茂らせている。それをちらりと見上げながら、直次郎は吾妻橋を渡って、大川東岸の道を南をさして歩を進めた。

土井能登守の下屋敷の北はずれに、板葺き屋根の小家が軒をつらねる町屋があった。

南本所の番場町である。その一角に看板も掲げず、屋号も記していない間口二間（約三・六メートル）ほどの小さな古着屋があった。闇稼業仲間の万蔵の家である。

直次郎は腰高障子を引き開けて中に入った。

薄暗い土間の奥の板敷きに、古着の束が山のように積まれている。壁や天井にもずらりと古着がかけられ、店じゅうに黴臭い匂いが充満している。

「万蔵、いるかい」

と低く声をかけると、奥の暗がりから四十がらみのずんぐりした男がうっそりと姿を現し、古着の山をかき分けるようにして出てきた。

「やァ、八丁堀の旦那」

万蔵が黄色い歯を見せて笑った。頭髪が薄く、額が異様に突き出ており、狒々のように凶悍な面貌をしているが、笑うと存外愛嬌がある。

「おめえにちょいと訊きてえことがあってな」

「へえ。むさ苦しいところですが、どうぞ、お上がりになっておくんなさい」

板敷きの奥の六畳の部屋に直次郎を招じ入れると、万蔵は火鉢にかけられた薬罐の湯を急須に注いで茶を淹れた。

「で、あっしに訊きてえことってのは？」

茶をすすりながら、万蔵が訊き返した。

「一昨日の晩、日本橋伊勢町で殺しがあったそうだが、知ってるか？」

「へえ。古着屋仲間から聞きやしたよ。薬種問屋の『神崎屋』が殺されたとか。それがどうかしやしたか」

「『闇の殺し人』の仕業だという噂が流れてるそうだ」

「その噂も聞きやしたよ」

別に驚くふうもなく、万蔵は恬淡と応えた。

「地獄耳だな」

笑いながら、直次郎は膝を崩した。

「十日ほど前にも同じ手口で谷沢菊右衛門という御家人が殺されたそうだ。もしその噂が事実だとすると、おれたち以外にも『闇の殺し人』がいるってことになる」

「じつは――」

呑み干した茶碗をことりと膝元に置いて、万蔵は小さな目を光らせた。

「そのことで、きのうの夕方、半の字から〝仕事〟を頼まれやしてね」

半の字とは、裏仕事の連絡役をしている半次郎という若者のことである。その半次郎から噂の真偽を確かめてもらいたいとの依頼があったという。

「すると、その噂、すでに元締めの耳にも入ってるってことか」

「半の字がひとりで決めたわけじゃねえでしょう。元締めのお指図に違いありやせん」

「で、どうなんだ？　噂は本物なのか」

「まだはっきりしたことはわかりやせんが、あっしの勘では間違いねえようです」

「やはりな」

と眉宇を寄せて、直次郎は苦々しく茶をすすった。いまでこそ古着屋のあるじにおさまっているが、万蔵は二十歳のときから世間の裏街道を歩いてきた。筋金入りの入れ墨者（前科者）なのである。それだけに江戸の裏社会にも通暁している。

「蛇の道は蛇だ。おめえの勘に狂いはねえだろう」

「その勘も歳を重ねるにつれて鈍くなりやしてねえ。当てにならねえかもしれやせんよ」

そういって、万蔵は薄い頭をぼりぼりかいた。

「謙遜するな。おめえの勘はまだまだ頼りになる。だからこそ元締めはおめえにその〝仕事〟を頼んだんだ。いずれにしても――」

といいさして、直次郎は薬罐の湯を急須に注ぎながら、

「おれたち以外にも『闇の殺し人』がいるとなると、捨ててはおけねえ」

「半の字も同じことをいっておりやしたよ。いや半の字というより、元締めの考えなのかもしれやせんがね」

万蔵も二杯目の茶を淹れて、ずずっとすすり上げた。

「その一味は金儲けのために〝殺し〟をやってる節がありやす。ざっと調べたところ、殺された御家人や薬種問屋は人の怨みを買うような人間じゃなかったし、人の道にはずれるような悪事を働いていたという話も聞きやせんからね」

「となると、ますます放ってはおけねえな。世間は何も知らねえんだ。そいつらの金儲けの〝殺し〟とおれたちの闇の〝仕事〟とを一緒くたにされちゃ敵わねえぜ」

「まったくで」

万蔵は顔をしかめた。

「新参者に本家の看板を汚されちゃ、あっしらの面目が立ちやせんよ」

「一味は何人ぐらいだと思う?」

「さァ」

「おめえの勘でいいんだ」

「少なく見積もっても、四、五人はいるんじゃねえかと」

「四、五人か——」

つぶやきながら、直次郎はぞろりとあごを撫でた。

万蔵の読みを信じれば、一味の構成員は直次郎たちのそれより一人か二人多いということになる。しかも、その中には素手で人の頸の骨をへし折るという、特異な業を持つ〝殺し人〟もいるのだ。それを考えると、そのへんの破落戸の寄せ集めとは思えなかった。〝殺しの手業〟に熟練した玄人を厳選して組織した闇の集団に違いない。

「どうやらその一味、おれたちにとっても手ごわい相手になりそうだな」

険しい顔で、直次郎はつぶやいた。

万蔵の家をあとにした直次郎は、ふたたび吾妻橋を渡って浅草広小路に足を向けた。

奉行所にもどっても、どうせ大した仕事はない。浅草寺裏の奥山の見せ物小屋でものぞいて、しばらく暇をつぶしていこうと思ったのである。

陽気がよくなったせいか、浅草広小路はいつにも増しての人出だった。浅草寺参詣の善男善女や近郷から物見遊山に出てきた人々、それを目当ての物売りや喜捨托鉢に歩く願人坊主などもいて、文字どおり芋を洗うような混雑である。

「旦那」

ふいに人混みの中で声をかけられた。振り向くと、例によって大きな台箱を背負った女髪結いの小夜が、雑踏を縫うようにして歩み寄ってきた。

「また妙なところで会ったな。仕事の帰りか？」

「うん。花川戸の置屋さんでね、芸者衆の髪を結ってきたところ。旦那は？」

「万蔵の家に行ってきたところだ」

「仕事？」

小夜が探るような目で訊いた。

「仕事じゃねえが、ちょいと気になることがあってな。そのへんで茶でも飲むか」

あごをしゃくって小夜をうながし、直次郎は大股に歩き出した。

二人は雷門の先の茶店に足を向けた。店内は客でごった返している。やむなく二人は店先の床几に腰を下ろし、小女に抹茶と串焼き団子を注文した。

「気になることって？」

運ばれてきた団子を頬張りながら、小夜が訊いた。

「大きな声じゃいえねえが――」

と周囲に油断なく視線を配り、直次郎は声をひそめていった。

「例の『神崎屋』殺し、『闇の殺し人』の仕業らしいぜ」

「ええっ」

小夜は目を白黒させて絶句した。食べかけの団子が喉に詰まったらしい。あわてて茶を喉に流し込み、ホッとしたように胸を撫で下ろした。

「つまり、おれたちのほかにも、金ずくで人の命をやりとりしてる連中がいるってことよ」

「本当なの、それって」

「これから万蔵が調べにかかるところだ」

「元締めは知ってるの？　その話」

「もちろん知ってるさ。だから万蔵に調べを頼んだんだ」

「そう」

暗然とうなずく小夜の顔を、ちらりと横目で見ながら直次郎はさらに声をひそめた。

「おれたちが生き残るためにも、その一味を叩きつぶさなきゃならねえ」

「………」

「いずれ大仕事になるぜ。おめえもその覚悟だけはしておくこったな」

「いつだって覚悟はできてますよ」

小夜が決然といった。

「それはいい心がけだ」

「ところで、旦那」

思い直すように小夜がいった。

「鳥居さまのご家来に、本庄辰輔って名のお侍さんはいませんか」

「本庄辰輔？」

食べ終えた団子の串を皿にもどして、直次郎は首をかしげた。

「さァ、聞かねえ名だな。その侍がどうかしたのかい？」

「ううん、別に……」

小夜はかぶりを振って茶を飲み干すと、にっこり笑って腰を上げた。

「ここのお茶代は旦那の奢りでしょ？　ごちそうさま」

「おい、小夜」

直次郎が呼び止めた。

「こんなご時世だからな。妙なことには関わり合わねえほうがいいぜ」

「わかってますよ。じゃあね」

小夜は大きな台箱をかつぎ上げると、直次郎に背を向けたまま手を振って、足早に立ち去って行った。

4

小夜の住まいは日本橋瀬戸物町にある。

小家が密集するごみごみとした町屋である。江戸開府当時、この町には尾張国の瀬戸村から出る陶器を売る店が多くあった。それが町名の由来になったという。

小夜の借家は、瀬戸物町の路地の奥まったところにある、六畳二間に勝手土間がついた古い小さな平屋である。

玄関の上がり框に台箱を下ろすと、小夜は奥の六畳間に入り、鏡台の前に座って化粧を直しはじめた。髪結いが本業だけに、化粧も手なれたものである。手拭いで顔の汚れを丹念に拭き取り、白粉を塗り直す。余分な白粉は鹿毛の刷毛で払い落とし、唇にはやや濃いめの紅を差す。唇を濃く玉虫色になるまで塗るのは当世の流行で、これを「笹紅」といった。

ついで眉を描く。眉墨は油煙や麻幹の黒焼粉で作られたものである。眉を半月形にくっきり描くのも当世ふうの化粧法である。

みるみるうちに別人と見まごうばかりの艶やかな顔になった。

小夜は鏡の中の自分の顔に陶然と見入りながら、ふっと小さく吐息を洩らした。

――こんなご時世だからな。妙なことには関わり合わねえほうがいいぜ。

直次郎はそういった。だが、小夜はすでにその「妙なこと」に関わり合ってしまっていたのである。

〝事件〟が起きたのは、昨夜の五ツ半（午後九時）ごろだった。

仕事で両国薬研堀に行った帰りのことである。浜町堀に架かる千鳥橋の近くにさしかかったところで、小夜は二人の男に呼び止められた。いずれも人足ふうの薄汚れた男で、足元もおぼつかないほど酔っていた。

「姉さん、このあたりに安い飲み屋はねえかい」

一人が酒臭い息を吐きながら近づいてきた。

「さァ、知りませんねえ」

すげなく応えて、二人のかたわらをすり抜けようとすると、

「おっと、待ちな」

もう一人の大柄な男がむんずと小夜の手を取って引きもどした。

「な、何をするんですか！」

「へへへ」

野卑な笑いを浮かべながら、男はいきなり小夜を抱きすくめた。

「女髪結いってのは、男の相手もするんじゃねえのかい」

「冗談はよしておくれよ。あたしはまっとうな髪結いなんだ。さ、放しておくれ！」

火を噴くような啖呵を切って、小夜は男の手を振りほどこうとした。

「威勢のいい姉さんだな」

「放して！　放しておくれよ！」

「おい、暗がりに連れ込んで姦っちまおうぜ」

二人の男は犬のように息を荒らげながら、必死にあらがう小夜を路地の奥の暗がりに連れ込もうとした。そのときである。千鳥橋のほうから矢のように疾駆してきた黒影が、二人の男の前に立ちふさがった。

「な、なんだ、てめえは！」

男が仰天して黒影を見た。歳若い浪人者である。

「通りすがりの者だ。女が嫌がっている。放してやれ」

凜(りん)とした声で浪人者がいった。

「てやんでえ！　サンピンの出る幕じゃねえや。とっとと消えうせろ！」

大柄な男が猛然(もうぜん)と殴りかかった。が、次の瞬間、男の体がくるっと一回転して地面にしたたかに打ちのめされた。瞬速の投げ業だった。同時に、浪人者はもう一人の男の鳩尾(みぞおち)に鉄拳をぶち込んでいた。これも目に止まらぬ早業である。

二人の男は蛙(かえる)のように無様(ぶざま)に地べたに倒れ伏したが、必死に立ち上がると、

「畜生(ちくしょう)ッ、覚えてやがれ！」

捨て台詞(ぜりふ)を残して、転がるように逃げ去った。

「怪我(けが)はないか」

浪人者は息も乱さずに小夜を振り返った。歳は二十三、四。色が白く、切れ長

な目が月明を受けてきらきらと光っている。文字どおり眉目秀麗、白皙の美男子である。

「おかげさまで――」

小夜はまぶしそうに視線を泳がせた。

「夜分の女のひとり歩きは物騒だ。わたしが送って行こう。住まいはどこだ？」

「あ、あの」

「怪しい者ではない。わたしは伊予松山浪人・熊倉清一郎と申す者だ」

「小夜と申します。住まいは日本橋瀬戸物町でございます」

「瀬戸物町か。わたしは日本橋品川町の『升屋』という旅籠に投宿している。途中まで送って行こう」

そういうと、清一郎は背を返してゆっくり歩きはじめた。小夜もそのあとについた。半丁（約五十メートル）ほど歩いたところで、清一郎が背後の小夜を振り返り、

「小夜さんは髪結いを商っているのか」

「はい」

「武家屋敷にも出入りしているのか」

「ええ、お大名の奥向きやお旗本の奥向きなど、何軒かお得意さまを持っています」

「そうか」

清一郎は思案するように闇に目を据えたが、

「南町奉行をつとめている鳥居耀蔵どのの家来に本庄辰輔という男がいるのだが、心当たりはないか」

「いいえ。……何でしたら、調べてみましょうか」

「調べる？」

「南のご番所に知り合いがおりますので」

「厚意はありがたいのだが――」

清一郎は困惑したような表情を見せた。

「わたしには表沙汰にできない事情がある。他言されると困るのだ」

「それならご安心くださいまし。熊倉さまのお名前は決して出しませんから」

「では、心がけておいてもらおうか。もし何かわかったら、『升屋』という旅籠に訪ねてきてくれ」

「かしこまりました」

そこで会話が途切れ、二人は室町二丁目の四辻で別れた。——というのが、昨夜の〝事件〟の一部始終である。

小夜にとって、熊倉清一郎との出会いは、まさに一つの〝事件〟だった。それ以来、まるで熱の病にでもかかったように、清一郎の顔が頭から離れず、仕事も手につかなかった。淡い月明かりに浮かぶ清一郎の白皙の美貌が、夢まぼろしのごとく脳裏を去来し、そのたびに切ないほど胸が締めつけられる。そんな気持ちになったのは、はじめてのことであった。

（さて）

と気を取り直して、小夜は手早く黄八丈に着替え、家を出た。

向かった先は日本橋品川町の旅籠『升屋』である。

『升屋』の軒行燈にはもう灯が入っていた。夕食時のせいか、奥の廊下を女中たちがあわただしく行き交っている。

「お忙しいところ申しわけございませんが」

小夜は入り口の土間で客の履物を片づけていた初老の下足番に声をかけた。

「はい？」

と下足番が振り返った。

「この宿に熊倉清一郎さまがお泊まりだと聞きましたが」

「ええ、お泊まりになっておられますよ」

「恐れいりますが、呼んできていただけないでしょうか」

「承知いたしました」

うなずいて下足番の老人は奥に去ったが、ほどなく熊倉清一郎を連れてもどってきた。

「やァ、小夜さんか」

土間に立っている小夜を見て、清一郎は涼やかな笑みを浮かべた。袴はつけず、黒羽二重の着流し姿である。

「昨夜は本当にありがとうございました」

どぎまぎしながら小夜は頭を下げて、

「もしよろしかったらご一緒に夕食でもいかがですか?」

「そうだな。宿の食事にも飽(あ)いたことだし、お供しようか」

小夜のさそいに清一郎はこころよく応じた。

二人が足を向けたのは、『升屋』からほど近い室町二丁目の『嵯峨野(さがの)』という京風の小料理屋だった。店の中も京風の造りで、黒塗りの柱に弁柄(べんがら)の壁、奥の小座敷は花鳥風月絵の小屏風で仕切られている。二人はその小座敷に上がった。

「熊倉さまからご依頼された件ですが」

清一郎の盃に酒を注ぎながら、小夜がおもむろに口を開いた。

「さっそく今日、南のご番所の知り合いに訊ねてみたのですが、鳥居さまのご家来に本庄辰輔という人はいないそうです」

「じつは、そのことで小夜さんに謝らなければならないことがある」

清一郎は気まずそうに目を伏せた。

「謝る？」

「わたしも今朝方、ある筋から聞いたのだが、本庄辰輔は三年前に鳥居家を致仕したそうだ」

「そうですか」

「無駄な手間をかけさせてしまって、済まなかったな」

「いいえ、別にどうってことはありませんよ」

小夜は屈託のない笑みを浮かべたが、すぐ真顔にもどって、

「立ち入ったことをうかがいますが、その本庄辰輔というお侍さんが何か？」

「うむ」

清一郎は盃を口に運んで一口呑むと、意を決するようにいった。

「伯父上の仇なのだ」

「仇？」

小夜は思わず瞠目した。

5

清一郎の父・熊倉伝之丞の兄・伝兵衛は、伊予松山・松平隠岐守の家臣であったが、二十年前の文政六年（一八二三）、熊倉家の家督を弟の伝之丞にゆずり、松山城下で直心影流の道場を開いている井上庄兵衛のひとり娘・八重の入り婿となった。剣の道で身を立てるために、みずから井上家に養子に入ったのである。

ところが、その二年後に岳父の井上庄兵衛が病没、さらにその翌年、妻の八重も腎ノ臓を患って他界した。二人の死をきっかけに、伝兵衛は井上道場を畳み、名だたる剣客が群雄割拠する江戸で、さらなる剣の修行を積もうと松山をあとにした。

その後の伝兵衛の消息は、清一郎もよく知らなかったが、父・伝之丞の話によると、江戸に出た伝兵衛は鳥居家の家来・本庄辰輔なる者と交誼を得て、鳥居家の剣術指南役の仕官を画策していたらしい。

「しかし」

と清一郎は苦々しくかぶりを振った。

「のちに知ったことなのだが、本庄辰輔は鳥居家への仕官を口実に、伯父上を枉惑していたのだ」

「枉惑？　と申しますと」

小夜がけげんそうに訊き返した。

「つまり、伯父上をたばかり、よからぬことに利用しようと――」

本庄辰輔は、当時目付職にあり、飛ぶ鳥を落とすほどの権勢を誇っていた鳥居耀蔵の威を借りて、小身旗本や御家人たちに闇の金貸しをしていた。その貸金の取り立てに、剣の腕の立つ伝兵衛を利用しようと図ったのである。当然のことだが、伝兵衛はきっぱりとその仕事を断った。そればかりか、

「旗本の家来が闇の金貸しをするなどもってのほか。士道にもとる！」

と面罵して憤然と席を蹴ったという。

この時代、直参旗本の家臣が副業を持つことは禁じられていた。ましてや本庄辰輔は闇の金貸しに手を染めていたのである。万一、そのことが発覚したら、当人はもちろんのこと主人の鳥居耀蔵も厳しい咎めを受けることになる。それを恐れた本庄辰輔は下谷御成小路で伝兵衛を闇討ちにして殺害した。いまから四年前、すなわち天保十年（一八三九）十二月二十三日の夜のことである。

清一郎の父・伝之丞が伝兵衛の死を知ったのは、翌年の二月だった。伝兵衛の横死に疑念を抱いた伝之丞は、江戸定府の朋友に事件の真相を探るよう依頼した。その結果、今年の四月になって、

「ようやく伯父上を殺した下手人が、鳥居甲斐守の家来・本庄辰輔であることがわかったのだ」

そういって、清一郎はいかにも無念そうに唇を嚙んだ。

「父とわたしは、すぐさま藩庁に暇願いと仇討ち願いを届け出、主家を立ち退いて江戸に出てきた――、というのがこれまでのいきさつだ」

「そうですか。そんな事情がおありでしたか」

悄然とうつむく小夜に、

「小夜さん」

清一郎が涼し気な目を向けていった。

「わたしたちが本懐をとげるまで、いまの話は内密にしておいてもらえぬか」

「それはもう、重々――」

「本庄辰輔はまだ江戸にいる、とわたしたちは見ている。草の根分けてもやつを探し出して伯父上の仇を討たなければ、父もわたしも松山藩への帰参はかなわぬのだ」

「お役に立てるかどうかわかりませんが」

はにかむような笑みを浮かべて、小夜がいった。

「商売柄、わたしもあちこちを歩き廻っておりますので、何か思い当たることがありましたら、すぐにお知らせに上がります」

「小夜さんは江戸の下情に通じているからな。力を貸してもらえれば助かる」

清一郎は静かに笑った。それから半刻（一時間）ほど酒を酌み交わしながら、たわいのない世間話に花を咲かせたあと、二人は『嵯峨野』を出て室町二丁目の角で別れた。

旅籠『升屋』にもどると、探索に出かけていた父の熊倉伝之丞が、箱膳の前で黙然と夕食をとっていた。歳は四十五、六。骨太のがっしりした体格、顔は四角張り、ひげが濃く、清一郎とは似ても似つかぬ風貌をしている。見るからに古武士然とした男である。

「父上、おもどりでしたか」

「どこへ行っていた？」

伝之丞がぼそりと訊いた。

「小夜という女髪結いと食事をしてまいりました」

「女髪結い？」

「誤解なさらないでください」

苦笑を浮かべながら、伝之丞の前に腰を下ろし、小夜と知り合ったいきさつや、本庄辰輔の行方を探すために、小夜に協力を頼んだことなどをかいつまんで話した。

「その女、信用できるのか」

「ご心配におよびません。心根のやさしそうな女ですから」

「そうか」

伝之丞はそれ以上深く追及しようとはしなかった。黙々と箸を運んでいる。

「で、父上のほうはいかがでした？」

「江戸藩邸の片岡どのから耳よりな情報を得たぞ」

片岡とは、伝之丞の朋友の江戸詰めの藩士・片岡時次郎のことである。井上伝兵衛殺害の真相を突き止めてくれたのも、その片岡だった。

「本庄辰輔が金貸しをしていたとき、片棒を担いでいた男がいたそうだ」

「何者ですか？　その男は」

「谷沢菊右衛門という御家人だ。住まいは神田神保小路。その男なら本庄の居所を知っているやもしれぬ」

せわしげに味噌汁を飲み干すと、伝之丞は汁椀を箱膳に置いて腰を上げた。

「これから谷沢の住まいを訪ねるつもりだ」

「では、わたしもお供いたします」

「うむ」

二人は手早く身支度を済ませ『升屋』を出た。

夕闇はすでに宵闇に変わり、町筋には点々と明かりが灯っている。

満天の星明かりが、路上に映る二人の影を蒼く染めている。『升屋』を出るとき、宿の番頭から提灯を借りてきたが、その明かりも必要ないほどの明るい夜だった。

谷沢菊右衛門は、七十俵五人扶持の徒士百人組の下級武士である。七十俵五人扶持は白米にして四十二石。一石一両で見積もると一年に四十二両の収入しかない。俗に、

〈百俵六人、泣き暮らし〉

といわれるように、七十俵五人扶持の俸禄では若党や小者などを雇う余裕はなく、妻子を養うだけで精一杯なのである。谷沢菊右衛門も例外ではなかった。片岡の話によると、小者や使用人などを抱えずに、神田神保小路の組屋敷で妻子とひっそり暮らしているという。

組屋敷の木戸門をくぐり、二人は玄関の前に立った。

「ごめん」

伝之丞が声をかけると、奥の暗がりから二十歳前後の若い侍が出てきた。谷沢菊右衛門の嫡男・亮太郎である。

「どちらさまでしょうか?」

「夜分恐れ入ります」

伝之丞は丁重に頭を下げた。

「手前は伊予松山浪人・熊倉伝之丞と申す者。谷沢どののご子息でござるか」

「はい。亮太郎と申します」

「お父上に少々お訊ねしたいことがあって、夜分もわきまえず推参つかまつった。ぜひ谷沢どのにお取り次ぎのほどを」

「あいにくでございますが――」

といって、亮太郎は眉を曇らせた。

「父は十日ほど前に亡くなりました」

「亡くなられた？」

「何者かに殺されたのです」

「え！」

伝之丞と清一郎は思わず顔を見交わした。

「下手人はまだ挙がっておりません。谷沢の家督はわたしが継いで、この組屋敷で母と二人で暮らしております」

「それはご愁傷なことで、さようなこととは存じ上げず、ご無礼つかまつった。あらためてお悔やみ申し上げる」

伝之丞は深々と低頭した。

「ありがとう存じます。……で、父にお訊ねの件とは？」

「じつは――」

やや戸惑いながら、伝之丞は言葉を継いだ。

「生前、谷沢どのは本庄辰輔なる者と親交があったと聞きおよび申したが」

「本庄辰輔？」

「その男に何か心当たりはござらぬか？」

亮太郎は首をかしげた。そして、申しわけなさそうにかぶりを振りながら、

「いえ、そのような名は聞いたこともございません」

といった。それ以上問い詰めても、無駄なことだと伝之丞は悟った。本庄辰輔と手を組んで闇の金貸しに手を染めていた菊右衛門が、妻や息子にその事実を打ち明けるはずはないからである。伝之丞は突然の往訪の非礼を詫びて組屋敷をあとにした。

「意外でしたね。谷沢どのが殺されたとは――」

夜道を歩きながら、清一郎がいった。

「おそらく本庄辰輔の仕業であろう。わしらが仇討ちの旅に出たことを知って、谷沢の口を封じたに相違ない」

伝之丞が断定的にいった。

「谷沢どのと本庄辰輔はそれほど深い仲だったということですね」

「兄上が断った貸金の取り立てを、谷沢が引き受けたのかもしれぬ。いずれにせよ、谷沢は本庄辰輔の悪行を知りすぎたのだ。それで口を封じられたのであろう」

「これでまた振り出しにもどってしまいましたね」

落胆するように清一郎は肩を落としたが、

「なに」

と伝之丞は力強く首を振ってみせた。

「兄上が非業の死をとげてから四年もたっている。いまさら焦ることもあるまい。そのうちやつはきっと尻尾を出す。それまで根気よく追いつづけることだ」

「はい」

と応えて、清一郎は気を取り直すように歩度を速めた。

第二章　鳥刺しの吉次

1

その夜、仙波直次郎はひさしぶりに柳橋の船宿『卯月』に足を向けた。

もともと柳橋の船宿は、深川や吉原などの遊里へ遊び客を舟で送るための取り次ぎをしていたのだが、物の書に、

〈船宿とは名ばかり、其実、待合なり〉

とあるように、天保の改革で江戸府内の遊所の取り締まりが厳しくなるにつれて、船宿そのものが芸者を呼んで隠れ遊びをする場所になったのである。当初は、芸者衆も公儀の目をはばかって派手な衣装をつつしみ、大っぴらに三味を弾

くことも控えていたが、皮肉なことにそうした自己規制が逆に柳橋の魅力となり、船宿の狭い部屋に半屏風を立てて、地味な乱縦縞の芸者と鳴り物無しの「しんねこ遊び」をするのが、

〈渋い趣味〉

〈粋な遊び〉

だと嫖客たちに持てはやされ、やがて府内の豪商や旗本など上流階級の遊興の場として繁盛するようになったのである。中には自分で舟を造って行きつけの船宿に預けている客もいたという。

船宿『卯月』は、直次郎が定町廻りを務めていたころ、三日にあげず通い詰めたなじみの店である。「両御組姓名掛」に配転になってからすっかり足が遠のいていたが、〝裏稼業〟のおかげで十日に一度ぐらいは通えるようになった。

「いらっしゃいまし」

引き戸を開けて店の中に足を踏み入れたとたん、闊達な声が飛んできた。

「あら、旦那、おひさしぶり」

と出迎えたのは、女将のお勢である。

「今夜はやけに混んでるな」

店の中には煙草（たばこ）の煙や人いきれがむんむんと立ち込め、土間の奥の畳部屋では、吉原通いの舟を待つ客が七、八人車座（くるまざ）になって酒を酌（く）み交（か）わしていた。

「おかげさまで」

「二階はどうなんだ？」

「あいにく、どの部屋もふさがってましてね」

お勢は申しわけなさそうに頭を下げて、

「もうじき空（あ）くと思いますよ。それまで、どうぞこちらで」

と直次郎を奥の卓に案内した。

「お艶（えん）はいるのか？」

「ほかのお客さんについてますけど、あと半刻（一時間）もすれば手が空（あ）くんじゃないかと」

「半刻か――」

ぼそりとつぶやきながら、直次郎は卓の前に腰を下ろした。お艶は柳橋でも一、二を争う美人芸者で、直次郎とは五年来のなじみの仲である。

「ごめんなさいね。お相手もできなくて」

そういって、お勢はせわしなげに去って行った。

　すぐに酒と肴が運ばれてきた。それを手酌でやりながら、ぼんやり店の中を見廻していると、階段の奥の木戸が開いて、身なりのよい商人ふうの男が、厠からもどってきたらしく手拭いで手を拭きながら入ってきた。献残屋『多賀屋』のあるじ・茂平次である。

「仙波さま」

　いきなり背中越しに声をかけられて、直次郎はびっくりしたように振り向いた。

「おう、『多賀屋』のあるじか」

「先日はお手数をおかけいたしまして」

　小腰をかがめて、茂平次が頭を下げた。直次郎は意外そうな面持ちで、

「この店には、よく来るのか」

「ええ、月に三、四度は……。仙波さまもよく来られるので？」

「おれはせいぜい月に一、二度だ」

「さようでございますか。また何かお役宅のほうで御用がございましたら、遠慮なくお申しつけくださいまし」

　丁重に挨拶をして、茂平次は階段を上がって行った。それからほどなくして、

階段に足音がひびき、藤色の艶やかな着物をまとった芸者が下りてきた。歳のころは二十四、五。化粧映えのする派手な顔立ちの女——直次郎のなじみの芸者・お艶である。

「旦那」

「よう、お艶」

「おひさしぶり」

ぞくっとするほど色っぽい笑みを浮かべて、お艶が歩み寄ってきた。

「もう手が空いたのか」

「ううん」

お艶はかぶりを振って、しどけなく直次郎のかたわらに腰を下ろすと、盆にのせた二本の銚子を卓の上に置いた。

「これ、『多賀屋』の旦那からの差し入れ」

「『多賀屋』の？　すると、おめえは——」

直次郎は眉をひそめてお艶を見た。

「『多賀屋』の座敷についているのか」

「ええ、旦那によろしくっていってたわ」

「一人できてるのか？『多賀屋』は」

「ううん。南のご番所の大貫さまと一緒」

「大貫！」

あやうく呑みかけた酒を噴き出しそうになった。

「どうしたんですか、そんなに驚いて」

「いや、別に——」

「ねえ、旦那」

お艶が甘えるように体をすり寄せながら、

「あと半刻ほどでお開きになりそうだから、待っててくださいね」

直次郎の耳元でささやくと、いそいそと階段を上がり、二階座敷にもどって行った。

「大貫が一緒か」

直次郎は猪口の酒を舐めるように呑みながら、苦々しく独りごちた。

内与力の大貫は、奉行の役宅の家政を取り仕切る、いわば官邸秘書官のような存在であり、用度調達などの権限を一手ににぎっているために、出入りの御用商人たちから日常茶飯事のごとく饗応を受けていた。

おそらく『多賀屋』茂平次も商いの便宜を図ってもらうために、日ごろから大貫に接待攻勢をかけているのだろう。いずれにしても、こんなところで大貫と顔を合わせたら、あとで何をいわれるかわかったものではない。

（君子危うきに近寄らずだ）

酒はまだ少し残っていたが、直次郎は卓の上に酒代を置いて立ち上がった。

「あら、旦那、もうお帰りですか」

戸口で、女将のお勢に声をかけられた。

「うむ。ちょいと所用を思い出したのでな。また出直してくる」

いい残して、直次郎はこそこそと逃げるように店を出て行った。

今夜も満天の星である。

神田川の川面を渡ってくる夜風が、酒に火照った顔を心地よくねぶってゆく。

川原の道を歩きながら、直次郎は未練がましい目で背後を振り返った。

闇の奥に『卯月』の窓明かりがにじんでいる。直次郎の脳裏にお艶の白い顔がちらりとよぎった。今夜はひさしぶりにお艶としっぽり濡れるつもりだった。おそらくお艶もそのつもりだったのだろう。だが、お艶の口から「大貫」の名を聞いたとたんにその気が萎えて、すっかり興醒めしてしまった。

(またという日もあるさ)

未練を振り切るように、ふたたび歩を踏み出したとき、

「旦那」

ふいに川岸の船着場のほうから、低い声がかかった。

闇に目をこらして見ると、船着場の桟橋に舟提灯を灯した一挺の猪牙舟がもやっていた。直次郎はゆっくり桟橋に足を向けた。

猪牙舟の艫に、頬かぶりをした長身の船頭が立っている。

「半の字か」

「へい」

船頭が低く応えた。〝闇稼業〟の連絡役・半次郎である。

「何してるんだい？ そんなところで」

「旦那を待っているところで」

「仕事か？」

「元締めがお呼びです。舟に乗っておくんなさい」

いわれるまま、直次郎は桟橋からひらりと猪牙舟に飛び乗った。すかさず半次

郎が水棹を差して舟を押し出す。ひたひたと水音を立てて、猪牙舟はすべるように桟橋を離れていった。半次郎が水棹を櫓に持ち替えたところで、

「なァ、半の字」

直次郎がおもむろに口を開いた。

「おれたち以外にも〝闇の殺し人〟がいるって噂だが、その件で万蔵に調べを頼んだそうだな」

「へい」

櫓を漕ぎながら、半次郎がうなずいた。彫りの深い端整な面立ちをしているが、どこか暗い翳りをただよわせた若者である。口数も極端に少ない。

「もしその噂が事実だとすると、放ってはおけめえ。元締めは何といってるんだ？」

「同じことをいっておりやした」

「そうか」

そこで会話がぷつりと途切れ、しばらく沈黙がつづいた。

舟は神田川を下っている。直次郎は舟に備えられた煙草盆を引き寄せて、煙管にきざみ煙草を詰め込み、火打ち石で火をつけると、深々と煙を吸い込んだ。

ほどなく大川に出た。

闇の奥に小さな明かりが揺らめいている。大川を行き交う舟明かりである。さらにその奥には本所の盛り場の灯影（ほかげ）が、星屑（ほしくず）をちりばめたようにきらきらと耀映（ようえい）している。

両国橋（りょうごく）をくぐり、新大橋を通過すると、東岸の明かりがいっそう華やかな耀（かがや）きを放ちはじめた。江戸屈指（くっし）の遊所・深川の街明かりである。夜風に乗って街のざわめきが潮騒（しおさい）のように聞こえてくる。

二服目の煙草を吸い終えたとき、前方に巨大な橋影が見えた。永代橋（えいたい）である。

猪牙舟は永代橋の手前で大きく舳先（へさき）を左（東岸）に向け、深川佐賀（さが）町の掘割（運河）に入っていった。この堀は寛永（かんえい）六年（一六二九）に開削（かいさく）されたもので、堀幅はおよそ五間（約九・一メートル）、堀の名は中之堀（なかの）という。

半次郎は櫓を水棹に持ち替え、舟をゆっくり東に押し進めた。

掘割の右前方には松平織部正（まつだいらおりべのかみ）の下屋敷の築地塀（ついじべい）がつらなり、左前方にはなまこ壁の蔵が立ち並んでいる。その先に船着場があった。深川堀川町の船着場である。

ゴツンと軽い衝撃音がして、舟が桟橋に着いた。

「あっしはここで待っておりやすんで」

栈橋の杭(くい)に艫綱(ともづな)を巻きつけながら、半次郎がいった。

直次郎は桟橋に跳び移ると、船着場の石段を上り、掘割通りを東に向かって歩きはじめた。ほろ酔い機嫌(きげん)の遊び客や茶屋の下働きの女、燈油売りの男、白首(しらくび)の酌女(しゃくおんな)などがひっきりなしに行き交っている。

直次郎は船着場から東へ二丁（約二百十八・二メートル）ほど行ったところの路地を左に折れた。その路地のどんづまりに黒文字垣(くろもじがき)をめぐらした小粋な仕舞屋(しもたや)があった。

網代(あじろ)門をくぐり、玄関の引き戸を開けて中に声をかけると、正面の障子(しょうじ)が開いて、五十年配の初老の男が姿を現した。元締めの寺沢弥五左衛門である。濃紺の絽(ろ)の十徳(じっとく)を羽織(はお)り、銀鼠(ぎんねず)色の単衣(ひとえ)の着流し姿、やや白髪(しらが)まじりの総髪をうしろで束ねている。一見したところ町儒者のような風体(ふうてい)で、とても「闇の殺し人」の元締めとは思えない。

「お呼び立てして申しわけございませんな。どうぞお上がりください」

おだやかな笑みを浮かべて、弥五左衛門は奥の居間に直次郎を招じ入れた。男の独り住まいにしては小ぎれいに片づいた部屋である。弥五左衛門自身が用意したものか、酒肴の膳部がしつらえてあった。

「何もございませんが、一盞どうぞ」

と弥五左衛門が酌をする。

「恐れ入ります」

恐縮の体で酌を受けながら、直次郎はすくい上げるような目で弥五左衛門を見た。

「『闇の殺し人』の件で、何かわかりましたか？」

「目下万蔵さんに調べてもらっているところですが、まだこれといった手がかりは」

かぶりを振りながら、弥五左衛門は自分の猪口に酒を注いだ。

「その件については、いずれまたお願いすることになるでしょう。それとは別に仙波さんにぜひお願いしたいことがあるのです」

「別の仕事ですかい」

「ええ」

うなずいて猪口の酒を呑み干すと、弥五左衛門は直次郎を真っ直ぐ見つめていった。

「仙波さんは、高野長英という蘭学者をご存じですか」

「もちろん、知ってますとも」

高野長英が幕政批判の罪で捕縛された事件は、直次郎の記憶にも新しかった。

2

話は四年前の天保十年（一八三九）にさかのぼる。

当時、国内では飢饉が相次ぎ、各地で一揆や打ち壊しが続発、また日本近海には異国船がひんぱんに出没し、西欧列強の脅威が間近に迫りつつあった。そのころ、

〈蘭学にて大施主〉

との世評を得ていた三州田原藩の家老・渡辺崋山は、切迫した内外の情勢に危機意識をいだき、蘭学者の高野長英や小関三英など、同憂の士を集めて『尚歯会』という結社を組織し、蘭学の研究をはじめた。

ところが、そうした『尚歯会』の動きに対して、儒教の大本山であり、幕府の文教をつかさどる林家一門は「反幕運動」であると非難し、蘭学弾圧に乗り出

した。その急先鋒が林大学頭述斎の次男で、当時目付職にあった鳥居耀蔵であった。

ちなみに鳥居耀蔵は、文政三年（一八二〇）、二十五歳のときに七千五百石の旗本・鳥居家の養子となり同家を継いだ。現在、四十八歳である。

「蘭学憎し」の一念に駆られた鳥居は、配下の小人目付・小笠原貢蔵や密偵・花井虎一などを使って『尚歯会』の冤罪をでっち上げ、老中・水野忠邦に讒訴した。

その結果、天保十年（一八三九）五月十四日に渡辺崋山ら数名が、四日後の十八日に高野長英がそれぞれ「幕政批判」の廉で捕縛され、同年十二月十八日、渡辺崋山には在所蟄居、町医者の高野長英には永牢（終身禁固刑）が申し渡された。これが世にいう「蛮社の獄」である。

二年後の天保十二年（一八四一）十月十一日、渡辺崋山は国元の自邸で自害し、永牢の高野長英は四年後のいまも小伝馬町の牢獄につながれている。

「その高野長英どのには、妻子がおりましてな」

猪口をゆっくり口に運びながら、弥五左衛門が言葉を継いだ。

妻女の名は雪。長英より十三歳年下の二十五歳である。現在は本郷春木町の借家で、五歳になるひとり娘のもとと人目をはばかるようにひっそり暮らしているという。

「ところが――」

呑み干した猪口を膳にもどして、弥五左衛門は険しい目で宙を見据えた。

「最近になって、その二人の身辺に怪しげな男が出没するようになったそうです」

「公儀の手の者ですか？」

「というより、おそらく鳥居耀蔵の密偵でしょう」

「しかし、なぜいまごろになって高野どのの妻子を？」

「高野長英どのは、小伝馬町の大牢で牢名主をつとめておりましてね」

「ほう」

直次郎は意外そうに目を細めた。

『牢獄秘録』によると、小伝馬町の大牢の入牢者の数は平均九十人ほどだったという。幕末になってその数が急増したために、幕府は牢内に役人を置いて自治組織を作らせ、牢内の秩序の維持に当たらせた。役人の数は十二人である。

名主、一人。

添役、一人。病人の手当てをする役。
角役、一人。囚人の出入りを見張る役。
二番役、一人。右に同じ。
三番役、一人。病人の面倒を見る役。
四番役、一人。衣類などを点検する役。
五番役、一人。盛相飯の改め役。
本役、一人。食事の運搬役。
本役助、一人。食器の洗い役。
五器口番、一人。食事の給仕役。
詰之番、一人。雪隠の番をする役。
同助番、一人。右に同じ。

以上の十二人の役人を、牢内では「高盛役人」と称していた。食事のときに平囚人より特別に多く飯を盛ることから出た名称である。役人以外の囚人は平囚人と呼ばれていた。

十二人の役人の頂点に立つ牢名主は、畳を十枚ほど重ねた「見張畳」の上に座し、新規入牢者から「ツル」と呼ばれる隠し金を取っていた。「ツル」は文字どおり「命の蔓（つる）」となる金で、五両から十両が相場だったという。

高野長英は、その「ツル」で牢屋敷の下男を買収し、獄中から妻子に仕送りをしていたばかりか、妻の雪を通じてかつての同志たちとひそかに連絡を取り合っていたのである。

「万一それが明るみに出れば、長英どのはさらなる苦境に立たされます」

「遠島は免（まぬか）れんでしょうな。悪くすれば死罪ということも――」

直次郎がつぶやくようにいった。

「そうやって獄中の長英どのの息の根を止め、蘭学の影響を徹底的に排除する。それが鳥居耀蔵のねらいなのです」

「なるほど」

直次郎は苦笑を浮かべた。

「鳥居甲斐守も執念深い男ですな」

「『蛮社の獄』は終わったわけではありません。江戸には『尚歯会』と縁のある蘭学者や文人、幕臣などが少なからず伏在（ふくざい）しております。そうした人々を一掃するまで鳥居は弾圧をつづけるつもりでしょう」

そう語る弥五左衛門自身も、幕府の言論弾圧の被害者なのである。

本名は寺門静軒。江戸で大評判となった『江戸繁昌記』の著者である。その表題が示すとおり、江戸の繁昌を活写した随筆『江戸繁昌記』は、天保二年（一八三一）から七年（一八三六）にかけて五編が刊行され大好評を博したが、翌天保八年に鳥居耀蔵の実父・林大学頭述斎から、

「敗俗の書である」

と指弾されて発禁処分となり、寺門静軒は江戸を追われた。

静軒が消息を絶ったあと、巷には武州や上州、越後、信州などを流浪しているとの風説が流れたが、じつは寺沢弥五左衛門の変名を名乗って深川に隠棲していたのである。

『江戸繁昌記』は発禁処分になったあとも、幕府の厳しい取り締まりの目をくぐって地下出版され、版を重ねて明治まで刊行された。その巨額な稿料が寺沢弥五左衛門の潤沢な資金となり、「闇の殺し人」の仕事料にあてられていたのである。

「で、今回の仕事というのは？」

直次郎が訊いた。

「雪どのの身辺に出没する男の正体を突き止めて、始末していただきたいので

す」

「それは元締めの個人的な頼みですか？」

「いえ、頼み人は半次郎です」

「半次郎？」

「じつは——」

といいさして、弥五左衛門は空になった直次郎の猪口に酒を注いだ。

「半次郎も長英どのの門弟の一人なのです」

「え」

直次郎は虚をつかれたような顔になった。

弥五左衛門の話によると、半次郎は遠州周智郡上久野村（現・静岡県袋井市）の庄屋の四男で、十七歳のときに蘭学を志して出府、高野長英が主宰する蘭学塾『大観堂』に入塾したが、「蛮社の獄」が起きたとき、長英の指示を受けていち早く逃走したために捕縛を免れたという。

その後、半次郎は江戸近郊の蘭学者の家を転々と渡り歩き、三年前の天保十一年（一八四〇）、深川に潜伏していた寺門静軒、すなわち寺沢弥五左衛門と知り合って「裏稼業」の手伝いをするようになったのである。

「へえ、あの半次郎が長英どのの門弟だったとはねえ」

「『大観堂』にいたころ、雪どのには一方ならぬ世話になったそうです。その恩返しをしたいと、半次郎がみずからこの仕事を持ち込んできたのです」

「わかりました。そういう事情なら、よろこんで引き受けましょう」

「では」

と腰を上げて、弥五左衛門は床の間の掛け軸をはずした。

裏に小さな隠し戸がある。戸を開くと、中に黒漆塗りの手文庫が収納されていた。

その手文庫から小判を二枚取り出して隠し戸を閉め、はずした掛け軸を元にもどすと、弥五左衛門は二両の金子を直次郎の膝前に置いた。

「仕事料は二両です」

「不足はありません」

にやりと笑って、直次郎は無造作に金子をつかみ取り、ふところにねじ込んだ。

「仔細は半次郎からお聞きください」

「では、さっそく」

一揖して、直次郎は立ち上がった。

直次郎を乗せた猪牙舟は、ふたたび大川を遡行して神田川に入った。

浅草寺の鐘の音が間遠に聞こえてくる。五ツ（午後八時）を告げる鐘である。

直次郎は黙々と櫓を漕ぎつづける半次郎にちらりと目をやって、独語するようにつぶやいた。

「おめえが蘭学者の卵だったとはな。意外だったぜ」

「………」

半次郎は無言。ぎしぎしと櫓音だけがひびいている。

「なぜ、いままで隠していたんだ？」

「別に隠していたわけじゃありやせん。訊かれなかったからいわなかっただけのことで」

「なるほど、それも理屈だな」

直次郎は苦笑した。

「『大観堂』にはどのぐらいいたんだ？」

「一年ばかり」

「長英どのの奥さんには、ずいぶんと世話になったそうだな」

「へい。その恩返しのつもりで元締めにお願いしやした。旦那にはお手数をおかけしやすが、よろしくお頼み申しやす」

「恩返しってのが気に入った。ま、大船に乗ったつもりで任せてくれ」

「ありがとうございやす」

神田川を遡行すること四半刻（約三十分）、やがて前方に昌平橋が見えた。そこで半次郎は櫓を水棹に持ち替えて、舟を右岸（北岸）の船着場に着けた。

「雪さんの住まいは本郷春木町だったな」

「あっしがご案内いたしやす」

舟を下りて船着場の石段を上ると、半次郎は先に立って歩き出した。

湯島一丁目から本郷通りに向かってなだらかな坂道がつづいている。

湯島六丁目と本郷一丁目の境目にさしかかったところで、二人は右の小路を曲がった。そのあたりが本郷春木町である。小路の左右には醤油屋や荒物屋、八百屋などの小店が軒をつらねているが、どの店もすでに戸が閉ざされ、ひっそりと静まり返っていた。

高野長英の妻・雪が住んでいる借家は、その小路からさらに路地を左に入った雑木林の奥にあった。茅葺き屋根の百姓家のような小さな家である。

　障子窓に、ほの暗い明かりがにじんでいる。

「ごめんくださいまし」

　戸口に立って半次郎が声をかけると、きしみ音を立てて板戸がわずかに開き、手燭を持った女が顔をのぞかせた。色の白い楚々とした美人――高野長英の妻・雪である。

「半次郎さん」

「先日お話しした仙波さんをお連れしました」

「それはわざわざ……、どうぞ、お入りください」

　板戸を引き開けて、雪は二人を中に招じ入れた。土間の奥に三畳ほどの板敷きと六畳の畳部屋があった。針仕事をしていたらしく、行燈のそばに縫いかけの着物が重ねてある。

「どうぞ」

　茶を運んできた雪に、

「お嬢さんは、もうお寝みですか」

と半次郎が訊いた。ひとり娘のもとのことである。

「ええ」

うなずいて、雪は背後の襖に日をやった。襖の奥が寝間になっているらしい。

ゆっくり視線をもどすと、雪はあらためて直次郎に向き直り、

「雪と申します。わざわざお運びいただきまして、ありがとう存じます」

と丁重に挨拶をした。その言葉づかいや挙措、物腰には気品があり、町医者の妻というより武家の妻女のような凜とした雰囲気をただよわせている。

「仙波直次郎と申します。話は元締めから」

いいかけて、直次郎はあわてていい直した。

「いや、寺沢弥五左衛門さんから聞きました。近ごろ、あなた方の身辺に怪しげな男が出没するようになったとか」

「はい」

「いつごろからですか」

「気がついたのは十日ほど前です。でも――」

と雪は不安そうに目を伏せて、

「もしかしたら、その前から付きまとわれていたのかもしれません」

「どんな男ですか」

「それが、よくわからないのです。気配を感じて振り返ると、すぐに姿を消してしまいますので」

「うーむ」

直次郎は腕組みをして考え込んだが、ふと何か思いついたように、隣に座っている半次郎に顔を向けていった。

「しばらく、雪さんの身辺を見張ってみるか」

「見張る？」

「といっても、四六時中張りつくわけにはいかねえからな。——外出することはよくあるんですかい？」

と雪に訊いた。

「はい。四、五日に一度、仕立て物を届けるために、神田花房町の呉服屋さんへ」

「いつも決まった時刻に出かけるんですか」

「ええ、暮れの七ツ半（午後五時）ごろでございます」

その時刻なら役所の仕事が終わってからでも十分間に合う、と直次郎は思った。

3

四日後の夕刻、直次郎は七ツ（午後四時）少し前に奉行所を出て神田に向かった。

神田花房町は、筋違御門橋の北詰にある。

雪が針仕事を請け負っている呉服屋『鈴屋』は、花房町と仲町とのあいだの、通称「藁店」と呼ばれる通りにあった。間口三間（約五・五メートル）ほどの小さな店である。

通りには、夕飯の買い物にきた女たちや仕事帰りの職人、家路を急ぐ振り売りの小商人などが絶え間なく行き交い、夕暮れ前のあわただしさがみなぎっていた。

直次郎は『鈴屋』の斜向かいの路地角にたたずんで、雪が現れるのを待った。

しばらくして、雑踏の中に、仕立て物の風呂敷包みを抱えた雪が姿を現した。路地角に立っている直次郎には気づかず、雪は『鈴屋』の暖簾をくぐって中に入って行ったが、次の仕立て物の注文を受けたのか、先ほどよりやや大きめの風呂敷包みを抱えて出てきてふたたび雑踏を縫うようにして去って行った。

それを見届けると、直次郎はゆっくり路地角から歩を踏み出し、五、六間（約九・一〜十・九メートル）先を行く雪のあとを跟けはじめた。

金沢町と本郷代地のあいだの道を抜けて、湯島一丁目に出た。行く手に見える木々の茂みは、湯島聖堂の森である。森の奥の空に、ほんのりと残照がにじんでいる。

異変が起きたのは、雪が湯島聖堂の裏門にさしかかったときだった。

ふいに前方の路地から人影が音もなく飛び出し、雪のあとをひそやかに尾行しはじめたのである。唐桟留の筒袖に薄鼠色の股引き姿の男である。

（岡っ引か！）

直次郎は思わず歩度をゆるめ、男に気づかれぬように物陰をひろいながら、尾行をつづけた。なだらかな坂道はほぼ一直線に北西に伸びている。二丁（約二百十九メートル）ほど行ったところで、急に男が足を速めて雪の背後に迫った。

直次郎はとっさに木立の陰に身をひそめて、男の様子をうかがった。

「お内儀さん」

男が雪の背中に声をかけた。一瞬、雪の肩がびくっと震えるのが、直次郎の目にもはっきりと見てとれた。雪は怯えるようにゆっくり振り返った。

「わたくしに何か――」

声も震えている。

「その風呂敷包みを、ちょいと見せてもらえねえかい」

男が腰の十手を引き抜いて、雪に歩み寄った。

「何のご詮議か存じませんが、これはただの反物です。大切な預かり物ですから、こんなところで包みを開くわけにはまいりません」

「四の五のいわず見せるんだ！」

凄んだ声で一喝すると、男はいきなり腕を伸ばして、雪の手から風呂敷包みを奪い取ろうとした。その瞬間、「待て！」と野太い声がひびき、木立の陰から、直次郎がまっしぐらに駆けつけてきた。振り返った男は、直次郎の姿を見て目を剝いた。

「せ、仙波の旦那！」

「おめえは――」

男は下谷浅草界隈を縄張りにしている岡っ引の丑松だった。直次郎は二人のあいだに割って入ると、丑松の体を突き放して叫んだ。

「雪さん、逃げるんだ」

「は、はい！」

走り去る雪のうしろ姿を見送りながら、丑松が獰猛に吼えた。

「な、何するんですかい！　旦那」

「てめえのほうこそ、堅気の女に何しやがるんだ」

「あ、あの女は高野長英の女房なんですぜ！」

「だからどうしたっていうんだ」

「旦那、知らねえんですかい？」

丑松が剣呑な目つきでぎろりと見返した。

「長英は罪人の分際で蘭学仲間と手紙のやりとりをしてやがったんで。その連絡をしてたのがあの女なんですぜ」

「おい、丑松」

険しい目でにらみつけると、直次郎はぐいっと丑松の胸ぐらをつかみ、そのまま引きずるようにして湯島聖堂の裏手の雑木林に連れ込んだ。

「誰の差し金であの女を跟け廻していたんだ？」

「それを知ってどうするつもりなんで？」

「鳥居甲斐守か」

「さァね」

「どうしてもいえねえか」

「旦那には関わりのねえこってすよ」

開き直るようにそういって、丑松は口の端に薄笑いを浮かべた。

「そうか。じゃ仕方がねえ」

直次郎の右手が刀の柄にかかったとたん、丑松の顔から笑みが消えた。

「ま、まさか」

と顔を強張らせて、じりっと後ずさりする。

「おめえを斬る」

「ちょ、ちょっと待っておくんなさい」

丑松は必死に手を振った。

「い、いってえ、あっしに何の怨みがあると――」

「怨みはねえが、頼まれた仕事はやらなきゃならねえ」

「いってることがよくわかりやせんね。旦那の仕事ってのは『両御組姓名掛』じゃねえんですかい」

「それは表の仕事さ。おれはもう一つ裏で仕事を持ってるんだ」

「裏で？」

「『闇の殺し人』よ」

「ひっ！」

声にならぬ叫びを上げて、丑松は身をひるがえしたが、一瞬速く、直次郎の抜きつけの一閃が丑松の背中に飛んでいた。

唐桟留が下から斜めに切り裂かれ、真っ赤な血しぶきが闇を染めた。

ドサッと音を立てて丑松の体が草むらに倒れ伏したときには、直次郎の刀は鍔鳴りとともに、もう鞘に納まっていた。心抜流居合術、瞬息の逆袈裟斬りである。

草むらを血に染めて倒れている丑松の死体に冷やかな一瞥をくれると、直次郎は何事もなかったように悠然とその場を立ち去った。

昌平橋の北詰に出た。

薄墨を刷いたように淡い夕闇がただよっている。

直次郎は神田川の土手を上って、川岸を見下ろした。船着場の桟橋に一挺の猪牙舟がもやっている。半次郎の舟である。直次郎は土手道を下りて、船着場に足を向けた。

半次郎が目ざとく気づいて立ち上がった。

「やっぱり来ていたか」

「気になったもんで」

低い声でそういうと、半次郎は艫綱を引いて舟を桟橋に寄せ、「どうぞ」と直次郎を舟にうながし、気がかりそうな目で結果を訊いた。

「案の定だ」

直次郎は艫に腰を下ろし、煙草盆の煙管を取って一服つけながらいった。

「雪さんをつけねらってたのは、丑松って岡っ引だったぜ」

「岡っ引？　鳥居耀蔵の差し金ですか」

「おそらくな」

「――で？」

「始末してきた」

「そうですか」

半次郎はぺこりと頭を下げた。

「お手数をおかけしやした」

「だが、まだ安心はできねえ」

煙管をくゆらせながら、直次郎は険しい表情でかぶりを振った。

「雪さんの身辺を探っていたのは、丑松だけとはかぎらねえからな。念のためにあの母子をどこか別の場所に移したほうがいいかもしれねえぜ」

「そのつもりで、家移り先を手配しておきやした」

「ほう、ずいぶんと手廻しがいいじゃねえか」

「さっそく、お二人をその家にご案内しようかと」

「そうかい」

うなずくと、直次郎は煙管の火をポンと川面に落として立ち上がった。

「じゃ、おれはこれで引き揚げるぜ。元締めによろしく伝えてくれ」

「へい」

直次郎はひらりと桟橋に飛び移り、足早に土手を上って行った。

それから小半刻（約三十分）ほどして、船着場に忽然と人影が現れた。羽織袴の少壮の武士である。

「半次郎」

武士が低く呼びかけると、半次郎はすばやく舟を下りて桟橋に立った。

「お待ちしておりやした」

「行こうか」

「へい」

武士は先に立って土手を上りはじめた。

4

武士の名は内田弥太郎という。高野長英が主宰していた蘭学塾『大観堂』の門人で、歳は長英より二つ下の三十六歳。明屋敷番伊賀者という下級幕臣だが、このころすでに和算家として名を成していた。半次郎の兄弟子に当たる人物である。

弥太郎は長英がもっとも信頼を寄せる門弟の一人であり、また弥太郎自身も長英の蘭学の才に深く傾倒し、現在も獄中の長英とひそかに書簡のやりとりをしていた。

「最近、高野先生から連絡はありやしたか?」

先を行く弥太郎に、半次郎が小声で話しかけた。

「ああ」

弥太郎が振り返ってうなずいた。星明かりに浮かんだその顔は、いかにも学者肌らしい知的で端整な風貌をしている。

「五日ほど前に書簡が届いたよ」

その書簡は、長英に買収された牢屋敷の下男が届けてくるのである。

「お元気なご様子でしたか」

「うん。お変わりはないようだ。先生は大赦の日を心待ちにしておられる」

大赦とは天皇の即位や崩御、改元、将軍宣下、婚儀、子女の誕生、日光御参社など吉凶の折に牢屋敷の囚人に恩恵が与えられる制度である。

近々行われる将軍家の法要のさいの「御法事の御赦」に、高野長英は一縷の望みをつないでいた。この恩赦を受けるためには、将軍家の法事が行われる上野の寛永寺か、芝の増上寺のいずれかに、あらかじめ赦免願いの依頼をしておかなければならない。寺ではその囚人の名を記帳して幕府に回送し、赦免を願い出る。これを「廻赦帳」といった。

長英からの書簡は、「廻赦帳」の手続きを依頼する内容だったのである。

「ところで」

弥太郎が歩度をゆるめた。

「雪どのの身辺を探っていた男の正体はわかったのか」

「へい。丑松という岡っ引だそうで」

「岡っ引か」

「黒幕は鳥居耀蔵に違いありやせん」

「うむ。数日前には『神崎屋』徳兵衛が何者かに殺された。おそらくそれも甲斐守の密偵の仕業であろう」

『神崎屋』徳兵衛は、高野長英が長崎のシーボルト塾で蘭学の修業をしていたとき、学資の援助をしていた男である。薬種問屋という商売柄、蘭方医学に造詣が深く、長英が『大観堂』を開くさいにも資金を提供した、いわばパトロン的存在であった。

「あの事件は『闇の殺し人』の仕業だという噂もありやすが」

「その噂、わしも聞いたことがある」

弥太郎は眉をひそめていった。

「仮にそのような闇の組織が実在するとすれば、甲斐守がその組織を利用したのか、あるいは甲斐守の意を受けて配下の者が闇組織を作ったか、二つのどちらかであろう」

「――――」

半次郎は、前者だと思った。なぜなら徳兵衛殺しの十日前に、同じ手口で殺された谷沢菊右衛門という御家人は、蘭学とはいっさい関わりのない人物だったからである。

いずれにせよ、「蛮社の獄」以来鳴りをひそめていた鳥居耀蔵が、闇の組織を使ってふたたび蘭学弾圧に乗り出したことは、もはや疑いのない事実だった。

「で、その丑松という岡っ引はどうなったのだ?」

弥太郎が訊いた。

「あっしが――」

半次郎は一瞬口ごもりながら、

「始末しやした」

といった。もちろん、これは方便である。半次郎が「闇の殺し人」の一員であることを弥太郎は知らなかったし、半次郎も裏稼業のことはひた隠しに隠してきた。それゆえ仲間の仙波直次郎に丑松殺しを依頼したとは、口が裂けてもいえなかったのである。

「つまり、殺めたということか」

「雪さまをお守りするためには、そうするしか方策がなかったんで」

「やむを得まいな」

「内田さま、このことは雪さまには内緒にしておいてくださいまし」

「わかった」

雪母子の身を守るためとはいえ、半次郎が人を殺したと知ったら、雪は心を痛めるに違いない。それをおもんぱかっての半次郎の心づかいは、弥太郎にも理解できた。

気がつくと、二人は本郷春木町の路地を歩いていた。

路地の奥の雑木林の中に、ほのかな明かりが見えた。雪母子が住む借家である。

「ごめん」

弥太郎が戸口に立って声をかけると、ややあって、

「どちらさまでしょう?」

と中から雪の声がした。

「内田でございます」

きしみ音を立てて板戸が開き、雪が顔をのぞかせた。

「どうぞ」

と中へうながす雪に、弥太郎は戸口に立ったまま深刻そうな顔でいった。

「この家は公儀の密偵に突き止められました。別の場所に身を隠したほうがいいでしょう」

「では、やはり、あの男は——」

怯えるような目で、雪は半次郎に視線を向けた。

「丑松という岡っ引でした」

応えたのは、半次郎である。

「本所の相生町に別の住まいをご用意いたしますので、すぐそちらのほうに移っていただきたいのです」

「は、はい」

雪は背を返して部屋の奥に去り、手早く荷物をまとめはじめた。部屋の片隅で娘のもとがきょとんと見ている。母親に似て色白の愛くるしい顔をした娘である。

引っ越しといっても、大きな荷物は何もなかった。当面暮らしに必要な日用品や食器、着替えの衣類などを風呂敷包み二つにまとめると、それを一つずつ弥太郎と半次郎が背中にかつぎ、四人は鳥が飛び立つようにあわただしく家を出て行った。

翌日の昼過ぎ――。

仙波直次郎は、古参同心から使いを頼まれたついでに、日本橋小網町に足を向けた。日本橋川の川沿いを東へ下り、荒布橋を渡って東詰を右に曲がると小網町である。

川岸にへばりつくように掘っ建て小屋が建っている。小屋の前には丸太で組んだ桟橋があり、そこに一挺の猪牙舟がもやっていた。直次郎は用心深くあたりに視線をめぐらし、小屋の前につづく石段を下りて行った。

「半の字、いるか？」

戸口に立って中に低く声をかけると、ギイときしみ音を立てて板戸が開き、半次郎が姿を現した。あいかわらず無表情である。

「ちょっと、いいか？」

「へえ」

直次郎は素早く板戸のあいだに体をすべり込ませた。小屋の中は四坪ほどの土間になっている。入ってすぐ右側に石を積み重ねて造った竈があり、奥には人ひとりが横になれるほどの板敷があった。半次郎はこの小屋で寝起きしているのである。

「その後の様子が気になってな」

いいながら、直次郎は空き樽に腰を下ろした。

「雪さまのことですかい？」

「ああ」

「ゆうべのうちに無事に引っ越しやしたよ」

「そうか。それはよかった」

半次郎は無言で立ち上がり、竈にかかった鉄瓶の湯を急須に注いで茶を淹れた。

「用件はそれだけで？」

「いや」

とかぶりを振って、直次郎は湯飲みの茶をすすり上げながら、

「念のために、丑松って岡っ引の素性を調べてみたんだがな。案の定だったぜ」

「といやすと？」

「五、六年前まで鳥居耀蔵の屋敷で中間奉公をしていたそうだが、ちょうど『蛮社の獄』が起きたころ、野郎は屋敷から姿を消している」

半次郎は黙って話を聞いている。

「そのころから鳥居の密偵として『尚歯会』の動きを探っていたに違いねえ」

「じつは――」

半次郎がぼそりといった。

「ほかにもいるんですよ。同じころに、鳥居家を辞めた連中が」

「ほかにも？」

「あっしの知るかぎり四、五人はおりやす」

「四、五人か」

『蛮社の獄』以後、老中・水野越前守と鳥居耀蔵による仮借ない蘭学弾圧に、幕閣内の一部穏健派や開明派の諸侯から非難の声が上がっていた。そうした非難をかわすために、鳥居は子飼いの家来たちを密偵として市中に放ち、水面下で蘭学の取り締まりに当たらせていたのではないか。半次郎の話を聞いて、直次郎はそう思った。

「ところで、万蔵の調べのほうはどうなってる？」

思い直すように、直次郎が訊いた。

「いまのところは、まだ——」

と半次郎がいいさしたとき、ふいに直次郎の手が刀の柄にかかった。半次郎も湯飲みを持つ手を止めて、猫のように鋭く眸を光らせた。石段に足音がひびいたのである。

二人が息を殺して耳を傾けていると、足音がぴたりと止まり、

「半次郎さん」

戸口で低い女の声がした。それを聞いて、直次郎と半次郎はホッとしたように顔を見交わした。板戸を引き開けて入ってきたのは、小夜である。

「あら、旦那もきてたんですか」

「おう、小夜。今日はやけにめかし込んでるじゃねえか」

顔に薄化粧をほどこし、黄八丈の着物をまとった小夜を見て、直次郎は冷やかすようにそういったが、小夜は無視するように顔をそむけて、

「ねえ、半さん」

と媚びるような目で半次郎を見た。

「仕事料の前借りできないかしら?」

「前借り? いくらぐらい要るんで」

「一両」

「いますぐってわけにはいきやせんが、明日なら何とか」

「明日でいいわよ」

「わかりやした。用意しておきやしょう」

「よかった」

にっこり微笑う小夜に、すかさず直次郎が、

「その金、何に使うんだ?」

「何に使おうと、あたしの勝手でしょ」

「まさか男に入れ揚げてるんじゃねえだろうな」

「それより――」

小夜は急に真顔になり、真剣な目つきで直次郎を見た。

「旦那に訊きたいことがあるんだけど」

「どんなことだい?」

「谷沢菊右衛門って御家人、知ってる?」

「谷沢？　ああ、『闇の殺し人』に殺された御家人のことか」

「『闇の殺し人』！」

瞠目する小夜に、直次郎はけげんそうな目を向けた。

「おめえ、なんで谷沢を知ってるんだ？」

「それが、その……」

と小夜は口ごもり、ためらいがちに視線を泳がせたが、ふっと吐息をもらすと、意を決するように、

「これは、絶対に内緒にしてもらいたいんだけど」

そう前置きして、熊倉伝之丞・清一郎父子の仇討ち話を打ち明けた。

「なるほど、その仇ってのが本庄辰輔って侍か」

「ところが、本庄辰輔は三年ほど前に鳥居家を辞めてしまったんですよ」

三年前というと、鳥居耀蔵がまだ目付職にいたころである。

「道理で知らねえわけだ」

とつぶやく直次郎の横合いから、半次郎が、

「その仇討ち話と谷沢菊右衛門とは、どういう関わりがあるんで？」

「本庄が金貸しをしていたとき、片棒をかついでいたのが谷沢って御家人だそう

よ。熊倉さんはそれを突き止めて谷沢の組屋敷を訪ねて行ったんだけど──」

その話は、つい先ほど日本橋品川町の旅籠『升屋』を訪ねて、熊倉清一郎から聞いてきたばかりである。小夜がめかし込んでいる理由は、それだった。

「すでに谷沢は殺されてたってわけか」

小夜の言葉を引き取って、直次郎がいった。

「ねえ、旦那、『闇の殺し人』の仕業ってのは、本当なの？」

「十中八、九間違いねえ。谷沢は頸の骨をへし折られて殺されたそうだ。『神崎屋』徳兵衛殺しと同じ手口よ」

「そう」

小夜はきらりと目を光らせて、

「だとすれば、本庄辰輔が『闇の殺し人』を使って、谷沢菊右衛門の口を封じたってことになるわね」

「そういうことになるな」

「あたし、しばらく仕事を休もうかと思ってるの」

「仕事を休む？　まさか、仇討ちの助っ人をするつもりじゃねえだろうな」

「そのつもりよ」

小夜はあっさりいってのけた。

「もっとも、あたしにできるのは、本庄辰輔の行方を探すことぐらいだけど。そのためには仕事を休まなきゃならないし、仕事を休めばお金が入ってこないし。だから当面の費用を前借りしようと思ってさ」

「へえ。赤の他人にそこまで入れ込むとはな」

呆れ顔でつぶやきながら、直次郎は探るような目で小夜を見た。

「ひょっとして、おめえ。熊倉清一郎って男にホの字なんじゃねえのか」

「ホの字というより、ギの字かもね」

「なんだ、そりゃ？」

「義を見てせざるは勇なきなり」

揶揄するようにそういうと、じゃ、半さん、お願いねといいおいて、小夜はそそくさと出て行った。小屋の中に小夜の甘い残り香がたゆたっている。

直次郎は鼻をひくひくさせて、苦笑を浮かべた。

「間違いねえ。ありゃ惚れてるぜ」

「小夜さんが本庄辰輔の居所を突き止めてくれれば――」

急須に鉄瓶の湯を足しながら、半次郎がいう。

「『闇の殺し人』を捜す手がかりになるかもしれやせんぜ」

「うむ」

「しばらく様子を見ることにしやしょう。もう一杯いかがですか」

と急須を差し出す半次郎に、

「いや、もういい。そろそろ役所にもどらなきゃ──」

といって、直次郎はゆっくり腰を上げた。

5

蒼い月明かりの中に湧いて出るように、また〝あの男〟が谷中の廃寺『仙厳寺』の境内に姿を現した。茶縞の単衣の着流し、腰に朱鞘の脇差、菅の一文字笠で面体を隠している。先夜とまったく同じ身なりである。

男は境内の雑草を踏み分けて鐘楼台に歩み寄ると、石段を二段ほど上って足を止め、周囲の闇を見渡しながら、右手を高々とかざした。

それを合図に鐘楼台の下の闇溜まりから、ぬうっと二つの影が歩み出た。鳥刺しの吉次と寸鉄の卯三郎である。

「今夜は二人かい？」

菅笠の男が嗄（か）れた声で訊いた。

「そのようで」

鳥刺しの吉次が応えると、男はふところから二つに折った書状を取り出して、

「獲物はこれだ」

と吉次に手渡した。吉次は書面に素早く目を光らせ、寸鉄の卯三郎に渡した。

「仕事料は」

「一両二分」

吉次と卯三郎は無言で顔を見交わした。明らかに不服そうな表情である。

「それじゃ不足だといいてえのかい」

「あっしらだって、危ねえ橋を渡ってるんですからねえ」

ぼやくような口調で、卯三郎がいった。

「吉さん、おめえはどうなんだい？」

菅笠の男が吉次に目を向けた。

「そりゃ、まァ、仕事料は多いに越したことはねえが――」

「じゃ、あと一分だけ上乗せしよう」

「たった一分ですかい」

苦い声で卯三郎がいった。

「それ以上は鐚一文出せねえ。嫌ならやめてもいいんだぜ」

「あっしはやめておきやす」

にべもなくそういうと、卯三郎はくるっと背を向けて足早に去って行った。闇に消えてゆく卯三郎のうしろ姿を横目に見ながら、

「おめえさんたちの気持ちもわからなくはねえが、万度、仕事料を吊り上げられたんじゃ、この稼業も立ち行かなくなっちまうからな」

菅笠の男は苦々しくつぶやきながら、石段を下りてきた。

「仕事を請けるか請けねえかは、てめえで決めることだ。元締めのいうとおり、嫌な仕事はやめりゃいいんです。あっしは一両三分で手を打ちやすよ」

「ま、欲をいったら際限がねえからな。ほどほどで手を打つのが一番さ」

といいつつ、男はふところから一両三分の金子を取り出し、吉次に手渡した。

「それじゃ」

軽く頭を下げて立ち去ろうとする吉次を、

「吉さん」

と男が呼び止めた。

「きのう、おれの手先が湯島聖堂の裏で何者かに殺された」

岡っ引の丑松のことである。吉次の顔が強張った。

「太刀筋から見て、かなり〝殺し〟に手慣れた侍か、浪人者の仕業に違いねえ」

「殺しに手慣れた？　――てえと？」

「つまり、おれたちとご同業よ」

「あっしらのほかにも〝殺し〟を商売にするやつらがいるんですかい」

「ああ、おめえさんは他所者だから知らねえだろうが、二年ほど前から江戸には金で人の命をやりとりする『闇の殺し人』がいるって噂が流れていた。じつをいうと、おれがこの稼業に手を染めたのも、その噂がきっかけだったのよ」

「へえ、そいつは知りやせんでしたねえ」

「どうやら噂は本物らしい。おめえさんも用心したほうがいいぜ」

「同業に命を取られたんじゃ洒落にもなりやせんからね。せいぜい心しておきやすよ。じゃ、ごめんなすって」

ぺこりと頭を下げると、吉次は長羽織の裾を翼のようにひるがえして、闇の深みに走り去った。

その足で吉次は、上野山下(うえのやました)の長屋にもどった。俗にいう「九尺二間(くしゃくにけん)」（間口約二・七メートル、奥行約三・六メートル）の裏店(うらだな)である。

部屋に上がると、吉次は行燈に灯を入れた。

家具も調度もない殺風景な部屋である。奥の四畳半に煎餅布団(せんべいぶとん)が敷きっぱなしにしてあり、壁際に小さな柳行李(やなぎごうり)が置いてある。吉次がこの長屋に居を構えたのは、三月(みつき)ほど前である。それ以前は三州岡崎(おかざき)に住んでいた。

父親は三州一の名人とうたわれた「鳥刺し」で、吉次も幼いころから父親について郊外の野山を駆けめぐり、見よう見真似(まね)でその技術を身につけた。ちなみに「鳥刺し」とは、鷹(たか)狩り用の鷹の餌(えさ)となる小鳥を捕獲して、御鷹餌鳥(おたかえさどり)御用商人に売る商売のことをいう。

十年前に父親が病死したあと、吉次は家業をついで「鳥刺し」になったが、そのころから悪所通いをはじめるようになり、いつしか裏社会の顔役にのし上がっていった。

三州岡崎は、本多(ほんだ)氏五万石の譜代(ふだい)中藩である。

五万石でも岡崎さまは

城の下まで舟がつく

と俗謡にうたわれているように、岡崎城のすぐ南に流れる菅生川（矢作川の支流）の川岸には、御用土場と呼ばれる船着場が数カ所設けられ、矢作川で運ばれてくる物資の集散地として大いに繁盛していた。

物が流れ、人が集まり、金が動けば、そこに利権や縄張りが生まれるのは理の当然である。その利権と縄張りをめぐって、御用土場の差配人たちのあいだでは、血で血を洗う抗争が絶えなかった。そうした争いの陰で暗躍していたのが吉次だった。「鳥刺し」の業を使って、抗争相手の密殺を請け負っていたのである。

ところが三月半ほど前に、吉次はよもやの失敗を犯してしまった。依頼された仕事をし損じたあげく、殺しの相手から思わぬ反撃を受け、命からがら逃げ出すという大失態を踏んでしまったのである。右頰の五寸（約十五・二センチ）ほどの傷痕はそのとき受けた傷だった。

かろうじて命びろいはしたものの、吉次は仕事の依頼人と殺しの相手の双方から命をねらわれる羽目になり、身ひとつで西も東もわからぬ江戸に逃げてきたのだが、

〈捨てる神あれば、拾う神あり〉

の諺どおり、すぐに仕事は見つかった。それがいまの「闇稼業」である。

吉次は煙草盆の煙管を取って一服つけると、着替えに取りかかった。黒のどんぶりがけに鈍色の筒袖、黒の股引きといういでたちである。

身支度をととのえると、奥の部屋の柳行李の中から細長い革袋を取り出した。

袋の中身は、長さ一尺（約三十センチ）ほどの竹筒と円錐形の小さな矢が数本、そして蛤の貝殻である。それらを桐油紙の上に丁寧に並べ、蛤の貝殻を開いた。中には青黒い膏薬のようなものが詰まっている。猛毒の斑猫である。

円錐形の矢を一本つまみ上げて、矢の先に慎重に斑猫を塗りつけ、それを竹筒の中に仕込むと、吉次は竹筒をふところに忍ばせて長屋を出た。

上野大仏下の時の鐘が五ツ（午後八時）を告げている。

その鐘の音を背中に聞きながら、吉次は中御徒町の小路を歩いていた。

小路の両側には幕臣の拝領屋敷が櫛比している。武家屋敷の門限は戌の刻（午後八時）なので、ほとんどの門扉はすでに固く閉ざされ、往来する人影も見当たらない。

（確か、このあたりだが……）

吉次は用心深くあたりに視線をめぐらした。元締めから手渡された書状（指令書）の内容は、頭の中に洩らさず叩き込まれている。それによると〝獲物〟は坪井良庵という蘭方医者で、毎晩決まってこの時刻に患家を訪れるという。

吉次の足がふと止まった。

とある武家屋敷の築地塀の角に、常燈明が立っている。吉次はひらりと身をひるがえして、常燈明の陰に身をひそめた。

その屋敷が坪井良庵の患家——御納戸組頭・高山伊兵衛の屋敷である。元締めから渡された書状には、患者は高山の妻女・佐和と記されていたが、そこまで詳細に調べておきながら、肝心の坪井良庵に関する記載はいっさいなかった。

殺しの相手に関する情報や依頼人の名、殺しの理由などは、いっさい「殺し人」には明かされないのが、この世界の定法なのである。

常燈明の陰に身をひそめて待つこと須臾、表門の小扉が開く音がした。吉次はふところから例の細い竹筒を取り出し、その一端を口にくわえて小路に目を凝らした。小路の路面に、常燈明のほの暗い明かりが散っている。

ひたひたと足音が近づいてきた。

吉次は大きく息を吸い込んで、ふたたび竹筒をくわえ、小路に目をやった。常燈明の明かりの中に影が差して、薬箱を提げた坪井良庵の姿がすっと目の前をよぎった。

刹那。

吉次の口からヒュッと笛のような音が洩れて、竹筒の先端から円錐形の矢が発射され、細い銀光を放ちながら、坪井良庵目がけて一直線に飛んでいった。

「うっ」

と小さな声がして、良庵の足がぴたりと止まった。と同時に、右手に提げた薬箱が落下し、小抽出しや薬包、薬匙などが音を立てて地面に散乱した。

良庵は虚空を見据えたまま棒立ちになっている。

数瞬後、良庵の体がぐらりと揺れて、前のめりに地面に倒れ伏した。それを見届けると吉次は常燈明の陰から飛び出して、良庵の死体に駆け寄った。

円錐形の矢が寸分の狂いもなく良庵の首筋に突き刺さっている。素早く矢を引き抜いて竹筒に納めると、吉次は身をひるがえして、闇のかなたに走り去った。

第三章　道場破り

1

「おい、仙波、仙波はいるか！」

がなり声がひびき、小肥りの初老の同心がずかずかと廊下を踏み鳴らしてやってきた。

用部屋手附同心の桑野市郎左衛門である。

「は、はい」

がらりと遣戸が開いて、仙波直次郎が飛び出してきた。

「手前に何か？」

「これを御老中・水野さまのお屋敷に届けてくれ」

無造作に突き出したのは、袱紗に包まれた状箱である。

「書状でございますか」

「大事なものだからな。遺漏なく届けるのだぞ」

桑野が居丈高にいう。用部屋手附同心というのは、書記と秘書官を兼ねる事務方で、内与力・大貫三太夫の直属の部下である。

どうやら状箱の中身は奉行の鳥居耀蔵から老中・水野越前守に宛てた公文書らしい。本来は桑野自身が水野の屋敷に出向いて、直接水野家の用人に手渡すべきものなのだが、その労を惜しんで直次郎を使いにやらせようという肚なのだ。

「急いでいるのだ。すぐ届けてくれ」

「は、はい！」

小腰をかがめて、押しいただくように袱紗包みを受け取ると、直次郎は傲然と立ち去る桑野の背中に苦々しげな視線を送り、

「それほど大事なもんなら、てめえで届けりゃいいのに――」

ぼそりとつぶやきながら、部屋の遣戸を閉めて表玄関に向かった。

老中・水野越前守の役屋敷は、西之丸下の馬場先御門内（現在の丸の内一、二

丁目あたり）にある。数寄屋橋の南町奉行所からは、歩いて四半刻（約三十分）

とかからない距離である。

この日も雲ひとつない晴天である。

初夏というより、真夏を思わせるような強い陽差しが照りつけている。

一丁（約百九メートル）も歩くと、首筋に汗が噴き出してきた。直次郎はふところから手拭いを取り出し、首筋の汗を拭きながら、馬場先御門をくぐった。御門の内側が、俗に大名小路と呼ばれる内曲輪で、幕府の重職をつとめる大大名の屋敷が塀を接して立ち並んでいる。

水野越前守の屋敷は、馬場先御門と和田倉御門のちょうど中間あたりにあった。敷地七千八百余坪の広大な屋敷である。

門前で水野家の用人に袱紗包みの状箱を手渡すと、直次郎は馬場先御門にはもどらず、北側の和田倉御門に足を向けた。

と、そのとき、背後でがらがらと轍の音がひびいた。

振り返って見ると、二人の奉公人に荷車を牽かせ、せかせかとやってくる初老の商人の姿が目に入った。献残屋『多賀屋』のあるじ・茂平次である。

「おう、『多賀屋』か」

「これは、これは、仙波さま、お暑うございます」

愛想たっぷりの笑みを浮かべて、茂平次が辞儀をした。

「献残品の買い取りに歩いているのか」

「はい。水野さまのお屋敷にうかがったところでございます」

「暑いのに精が出るな」

いいながら、直次郎は荷車の荷台に目をやった。あちこちの大名屋敷を廻って献残品を買い漁ってきたのだろう。荷台には大きな菰包みが山と積まれている。

「この不景気なご時世に、あるところにはあるもんだな」

「お大名家に景気は関わりありません。どこのお屋敷の蔵にも、お宝がうなっておりますよ」

「おめえも商売繁盛で笑いが止まらねえだろう」

「おかげさまで」

茂平次は満面に笑みを浮かべて、

「あ、そうそう」

と手に提げていた信玄袋から小さな紙包みを取り出した。

「献残品の中に、ちょっとした掘り出し物がございましたので」

紙包みの中身は、獅子の頭をかたどった象牙の根付である。

「ほう、象牙の根付か」

「お気に召しましたら、どうぞ」

「おれにくれるというのか」

「ほんのお近づきのしるしでございます」

「そうか」

直次郎は思わず顔をほころばせた。

「こんな高価な物を——、済まねえな」

「どういたしまして。では、手前どもはここで失礼いたします」

深々と頭を下げ、茂平次は荷車を従えて足早に立ち去った。

歩きながら、直次郎はあらためて手のひらの象牙の根付を見た。一目で唐物（輸入品）とわかる精緻な細工をほどこした根付である。

贅沢品の唐物の販売は、「奢侈禁止令」で厳しく禁止されているはずなのだが、現実にはこうして堂々とまかり通っているのである。

おそらくこの象牙の根付も、公儀御用達の商人からどこぞの大名家に贈られたものであろう。それが献残屋の手をへて、また市中に出廻るのだから、「奢侈禁止令」などという法令は、あって無きがごときザル法なのだ。

（それにしても……）

と直次郎はまじまじと象牙の根付に見入った。市中の唐物屋で買えば十両は下らない代物である。それを『多賀屋』茂平次はポンとただでくれたのである。

（気前のいい男だぜ）

にんまりとほくそ笑みながら、直次郎は象牙の根付を刀の下げ緒にむすびつけ、はずむような足取りで和田倉御門を出た。

道三河岸を東に下って呉服橋御門を抜けると、直次郎はふと思い立ったように日本橋に足を向けた。

日本橋の南に萬町という町屋がある。青物屋、乾物屋、塩物屋など、食料を商う小店が軒をつらねるにぎやかな町である。

直次郎が立ち寄ったのは、その町の一角に『井筒屋』の袋看板をかかげた小さな生薬屋だった。妻・菊乃が常用している『井筒屋』家伝の生薬「浄心散」を買うためである。

菊乃は七年前に心ノ臓の発作で倒れ、生死の境をさまよったことがある。さいわい一命は取りとめたものの、それ以来、体調を崩して寝たり起きたりの日々を送っていた。

病名は「心ノ癪」、現代でいう心筋梗塞である。この病に効能があるとされていたのが「浄心散」だった。十包で一分（四分の一両）もする高価な薬だが、菊乃の命をつなぎ止めるには、欠かせない薬なのである。直次郎が闇稼業に手を染めた理由の一つは、その薬代を稼ぐためでもあった。

先日の丑松殺しで得た仕事料で「浄心散」を四十包買い入れると、直次郎は萬町の路地を抜けて、日本橋南一丁目の大通りに出た。

どこへという当てもなく、人混みの中をぶらぶらと歩いていると、直次郎のかたわらにすっと音もなく歩み寄ってくる男がいた。古着屋の万蔵である。

直次郎は素知らぬ顔で周囲の人波を見渡しながら、ちらりと万蔵に目配せすると、足を速めて近くの蕎麦屋に入って行った。万蔵も黙ってついてくる。

昼食時はとうに過ぎているので、店の中はがらんとしていた。奥の席で近所の商家の隠居らしい、身なりのよい老人が黙々と蕎麦をすすっている。客はその老人だけである。直次郎は窓際の席に腰を下ろした。何食わぬ顔で、万蔵もその前に座った。

「昼飯は食ったのか」

と直次郎が訊く。

「へい」

「じゃ、酒にしよう」

「いいんですかい？　こんな陽の高いうちから」

「構うことはねえさ。どうせもう役所にもどる気はねえんだ」

そういって、注文を取りにきた亭主に冷や酒二本と蕎麦がきを頼むと、直次郎はぐいと万蔵に顔を近づけて、

「何かわかったのか？」

と小声で訊いた。

「ゆんべ、また〝殺し〟がありやしたよ」

「また？　――誰が殺されたんだ」

「坪井良庵って蘭方医者です」

「『闇の殺し人』の仕業か」

「おそらく」

そこで万蔵はぷつりと口をつぐんだ。

店の亭主が銚子二本と小皿に盛った蕎麦がきを運んできたのである。それを受け取ると直次郎は無言で自分の猪口と万蔵の猪口に酒を注いだ。

「半次郎から聞いた話なんですがね」

猪口の酒を舐めるように呑みながら、万蔵がふたたび口を開いた。

「その坪井って蘭方医者は、二年前に自害した渡辺崋山の門弟だったそうで」

「てえと、『尚歯会』の残党ってわけか」

「あっしも詳しいことはよくわかりやせんが、蘭学者のあいだでは、かなり名が売れてたそうですよ」

「それにしても、妙だな」

釈然とせぬ顔で、直次郎がいった。今朝方、例繰方の米山兵右衛と茶を飲んだときに、そんな話はまったく出なかったからである。

「何がですかい?」

と万蔵がけげんそうな顔で訊き返す。

「役所で〝殺し〟の話なんか、いっさい聞かなかったぜ」

「そりゃそうでしょうよ。町方は行き倒れってことで片づけちまったんですから」

「行き倒れ？」

坪井良庵の死体を発見したのは、御納戸組頭・高山伊兵衛の屋敷の喜助という中間である。喜助の通報を受けて駆けつけてきた検死役人が良庵の死体を検分したところ、致命的な外傷はおろか、一滴の血も付いていなかったために、急病による行き倒れと判断され、死体はそのまま良庵の自宅に送られたという。

「じゃ、なんでおめえは〝殺し〟だと思ったんだい？」

「理由は二つありやす。一つは――」

といいさして、皿に盛られた蕎麦がきを箸でつまんで口に放り込むと、万蔵はもぐもぐと口を動かしながら語を継いだ。

「坪井良庵の知人で内田弥太郎って侍がいるんですがね」

「内田？　――明屋敷番伊賀者の内田さんか？」

「旦那、ご存じなんで？」

「仕事柄、何度か会ったことがある」

明屋敷番伊賀者とは、江戸府内の大名や旗本が屋敷替えになったり、改易や世子断絶などの事情で明屋敷になったときに、次の戸主が決まるまでその屋敷を監理する役をいう。

南北両町奉行所の与力・同心の官舎である八丁堀の組屋敷でも、年に一度か二度、当主の死亡や不祥事などで明屋敷が出ることがある。そのさいに明屋敷番に監理依頼の手続きをするのも「両御組姓名掛」をつとめる直次郎の役目で、内田弥太郎とはすでに何度か顔を合わせているのである。

「その内田って侍が、坪井良庵の家を訪ねて亡骸を調べたところ、首筋に針で刺したような小さな傷があったそうで」

「その傷が命取りになったというのか」

「ひょっとしたら、下手人は毒針を使ったんじゃねえかと」

「毒針！」

思わず声を張り上げそうになったが、直次郎はあわててその声を呑み込んだ。

「それで、あっしもピンときたんですがね。以前……、といっても、もうだいぶ前の話になりやすが、駿府（現・静岡市）を追われてあちこちを転々としてたころ――」

万蔵は駿河出身の入れ墨者（前科者）である。二十歳のときに盗みを働いて二の腕に墨を入れられた上、駿府を所払いになり、以来二十数年、流浪の人生を送ってきた。江戸に出てきて「闇の殺し人」になったのは、四年前のことである。

「三州岡崎に『鳥刺し』の業を使う凄腕の殺し屋がいるって噂を耳にしやした。もしかしたら、そいつが江戸に流れてきたんじゃねえかと」

「『鳥刺し』の業ってえと、吹き矢のことか」

「へえ。その吹き矢に毒を塗れば〝殺し〟の跡は残らねえでしょう」

「ふーむ」

直次郎は腕組みをして沈思した。

「江戸広しといえども、吹き矢を使う殺し屋なんて、そうざらにはおりやせんからね」

「けど、万蔵」

顔を上げて、直次郎はいぶかる目で万蔵を見た。

「おめえ、なんで内田弥太郎を知ってるんだい？」

「あっしは内田って人とは一面識もありやせんよ。いまの話は半次郎から聞いたんで。大きな声じゃいえやせんがね」

店の中を見廻しながら、万蔵は一段と声をひそめていった。

「半次郎と内田弥太郎は『大観堂』って蘭学塾の同門だったそうですぜ」

「なるほど」

それで合点がいった。高野長英の門人であれば、坪井良庵の死が病死か、他殺かを見分けるぐらいは、さほど難しいことではないだろう。それより意外だったのは、能吏の評判高い内田弥太郎が、幕府の敵ともいうべき高野長英に師事していたという事実である。蘭学の波はそこまでおよんでいたかと、直次郎はあらためて驚嘆した。

「つまり――」

二つ目の蕎麦がきを口に入れながら、万蔵がいう。

「その内田って人の読みとあっしの読みがぴったり一致したってわけで。『闇の殺し人』の仕業と見て間違いねえでしょう」

「『闇の殺し人』か」

直次郎はふっと眉をひそめた。

「どうもその呼び方はややこしくていけねえな」

「え」

「そいつらは金儲けのために殺しを請け負ってるんだ。同じ『闇稼業』でもおれたちとは水と油、というより不倶戴天の敵だからな。これからはその一味を『闇の殺し屋』って呼ぶことにしようぜ」

「わかりやした」

うなずいて、きゅっと猪口の酒を呑み干すと、

「また何かわかったら、お知らせに上がりやす」

といって立ち上がり、軽く一礼して万蔵は蕎麦屋を出て行った。

2

蕎麦屋を出ると、直次郎は奉行所にはもどらず、早々と帰宅の途(と)についた。

時刻は八ツ半(午後三時)ごろだろうか。

晴れ渡った空からあいかわらず強い陽差しが降り注いでいる。

(鳥刺しか)

楓(もみじ)川のほとりを歩きながら、直次郎は肚(はら)の底で暗澹(あんたん)とつぶやいた。

万蔵の読みどおり、坪井良庵殺しが「鳥刺し」の仕業であるとすれば、「闇の殺し屋」一味には、特異な〝殺し業〟を持つ男が二人いることになる。もう一人は『神崎屋』徳兵衛の頸(くび)の骨をへし折った怪力の持ち主である。いまのところわ

かっているのはその二人だけだが、ほかにもまだ凄腕の殺し屋がいる可能性がある。そして何よりも不気味なのは、その連中の実像がいまだに見えてこないことだった。

（ますます油断がならねえ）

ぶるっと身震いしながら、直次郎は楓川に架かる新場橋（しんば）を渡った。

楓川の東側につらなる家並みが町方役人たちの官舎、俗にいう八丁堀である。直次郎の組屋敷は八丁堀のほぼ中央部、地蔵橋（じぞう）の近くにある。掘割に面した敷地百坪ほどの小屋敷で、周囲は板塀で囲ってある。

木戸門を押して中に入り、敷石を踏んで玄関に向かうと、足音を聞きつけて奥から妻の菊乃がいそいそと姿を現した。直次郎より五歳年下の二十七歳だが、病身で華奢（きゃしゃ）な体つきをしているせいか、実年齢より二つ、三つ若く見える。抜けるように色の白い清楚（せいそ）な美人である。

「今日はお早いお帰りですこと」

「ああ、上役（うわやく）の遣いで他出（たしゅつ）したのだが、これから役所にもどっても大した仕事はないからな。ついでに萬町の『井筒屋』に立ち寄って『浄心散』を買ってきた」

ふところから「浄心散」の包みを取り出して、菊乃に手渡そうとした瞬間、直次郎の目が沓脱ぎの上の男物の履物に止まった。

「誰かきてるのか?」

「ええ、つい今し方、堀内道場の中根さまがお見えになりまして」

「ほう、中根さんが――」

直次郎は素早く雪駄を脱いで、廊下の奥の居間の襖を引き開けた。

庭から差し込む午後の陽差しの中に、物静かに茶を喫している三十年配の武士の姿があった。牛込の心抜流居合術・堀内道場の師範代・中根晋之助。直次郎とは同門のあいだ柄で、十年来の剣友でもある。

「おひさしぶりですな、中根さん」

「留守中、お邪魔しております」

両手をついて頭を下げる中根に、直次郎は丁寧に礼を返して腰を下ろした。

「すっかりご無沙汰してしまって。……お変わりありませんか」

「おかげさまで、わたしは大過なく過ごしております」

「堀内先生はお元気ですか」

「それが――」

と中根は眉を曇らせた。

「ひと月ほど前に風邪をこじらせましてね。それ以来体調が思わしくなく、臥床の日々を送っております」

「ほう、それはいけませんな。さっそくお見舞いにうかがわなければ」

堀内道場の師範・堀内庄左衛門は、直次郎の剣術の師であり、同時に人生の師でもあった。ただがむしゃらに「勝つ」ための剣だけを追い求めていた若きころの直次郎に、「負けぬ」ための剣を教えてくれたのも、庄左衛門だった。

「負けぬ」ための剣とは、すなわち隠忍自重の剣である。

――ひたすら耐えに耐えよ。耐えたのち、必ずや勝機生ずる也。

という庄左衛門の剣理は、まさにいまの直次郎の人生観そのものなのである。

菊乃が茶盆を運んできて直次郎の前に置き、中根の茶碗に新しい茶を注ぐと、一礼して退出した。襖が閉まると同時に、

「じつは――」

茶碗を口に運びながら、中根が深刻そうな顔でいった。

「仙波さんに折入ってご相談がありましてね」

「どんなことでしょう」

「昨夕、影山惣十郎と名乗る備中浪人が訪ねてきて、堀内先生とぜひ手合わせ

を願いたいと申し入れてきたのです」

「手合わせを？」

「むろん、先生は立ち合いのできるお体ではありません。それに仙波さんもご存じのとおり、当道場は他流試合を禁じておりますので、その旨説明して丁重に引き取りを願ったところ――」

　影山惣十郎と名乗る浪人は突然態度を一変させ、居並ぶ門人の面前で、

「それは逃げ口上にすぎぬ」

「わしと立ち合っても勝ち目なしと見たか」

　などと罵詈雑言のかぎりをつくして居直ったあげく、

「また明日出直してまいる。再度立ち合いを拒むようであれば、心抜流堀内道場は臆病者、腰抜けぞろいだと、世間の笑いものになるであろう」

　とい捨てて立ち去ったという。

「なるほど、道場破りですか」

「なにがしかの金子が目当てなのでしょうが、それに応じてしまったら相手の思う壺ですからね。堀内道場の名誉にかけても立ち合いを受けなければと」

「中根さんが？」

「師範代として逃げるわけにはいきませんからね。で、仙波さんにお願いというのは、その試合に見分役として立ち会っていただきたいのです」

「それはかまいませんが」

万一負けた場合はどうするのか、と訊こうとして、直次郎はあわててその言葉を呑み込んだ。中根の負けを想定することは、中根の矜持を傷つけることになるからである。

だが、中根は直次郎の胸中を読み取っていた。

「万一、わたしが負けるようなことがあれば――」

飲みかけの茶碗を静かに盆にもどしながら、中根は鋭い目で直次郎を見据えた。

「影山惣十郎を斬っていただきたいのです」

「斬る？」

「師範代のわたしが負ければ、影山は鬼の首を取ったように世間にそのことを吹聴するでしょう。わたし個人が侮蔑されるのは致し方ありませんが、しかし、堀内道場の名を汚されることだけは何としても――」

「つまり、影山の口をふさげ、と？」

「わが道場で心抜流目録の印可を受けたのは、わたしと仙波さんだけです。たとえわたしが負けても、仙波さんなら必ず勝てます。堀内道場の看板を守るためにも、ぜひ」

中根は思いつめた表情で頭を下げた。

「わかりました。お引き受けいたしましょう。しかし、中根さん」

直次郎が笑みを向けた。

「あなたの腕なら、万に一つも負けることはありません。たぶん、わたしの出番はないと思いますよ」

「仙波さんのお手をわずらわせぬためにも、死力をつくして闘うつもりです」

そういって、中根は静かに笑った。

その日の暮七ツ半(午後五時)ごろ。

牛込原町の堀内道場には、竹刀を打ち合う乾いた音がひびき渡り、稽古に汗を流す門弟たちの熱気と気迫が満々とみなぎっていた。その様子を、仙波直次郎は見所わきの戸口のそばに端座してじっと見守っていた。

門弟に稽古をつけているのは、中根晋之助である。稽古といっても、相手に一方的に打ち込ませているだけで、中根はほとんど動いていなかった。打ち込んできた竹刀を軽くかわしているだけである。

居合術の基本は抜刀にある。抜くと同時に勝負を決する術である。それゆえ打ち太刀の稽古はあまり意味がない。心抜流の目録には、やむなく打ち合いになった場合は、

〈太刀をば待（受け）になし、敵の先をおびき出し〉

〈敵に先を働かせて程をぬかず、髪ひとすじ入る程も間もなく打つ〉

のが極意であると記されている。中根の剣はまさにそれだった。稽古相手の門弟が、

「とうッ」

と裂帛の気合で打ち込んできた瞬間、電光石火、中根の竹刀が門弟の脇腹に音を立てて打ち込まれていた。神速の逆胴である。門弟は体をくの字に折って片膝をついた。

「ま、まいりました！」

ひれ伏す門弟を、中根が息も乱さず見下ろして、

「本日の稽古はこれまで」

といったとき、あわただしい足音がひびいて、玄関から若い門弟が飛び込んできた。

「せ、先生、影山と申す浪人者が！」

一瞬、門弟たちの動きが止まり、道場内に緊張が奔った。見所わきに座していた直次郎の目が戸口に動いた。

「約束どおり、参上つかまつった」

野太い声とともに、ずかずかと板敷を踏み鳴らして姿を現したのは、黒羽二重の小袖に朽葉色の袴をはき、右手に木刀を提げた長身の浪人者・影山惣十郎だった。浅黒い顔、鋭い眼光、唇が薄く、鼻梁が高い。見るからに猛々しい風貌の浪人者である。

「立ち合い、受けてもらえるのだろうな」

立ちはだかる中根に、影山がじろりと目を向けた。それを見て、直次郎はゆっくり腰を上げ、影山の前に歩を進めた。

「その前に手前から訊ねたいことがある」

「貴殿は——？」

うろんな目で影山が見返した。

「試合の見分役をつとめる門人・仙波直次郎。お手前が当道場に立ち合いを挑(いど)まれるのは、いかなる趣意があってのことなのか。まずそれをうかがいたい」

「趣意？」

「金子(きんす)がご所望か」

「無礼な！」

影山が声を荒らげた。

「わしは物乞(ものご)いではない。口をつつしまれたほうがよいぞ、仙波どの」

「重ねてお訊ね申す。お手前が勝った場合、いったい何を所望されるのか」

「わしの望みは――、負け証文だ」

「負け証文？」

「堀内道場はわしの剣に敗(やぶ)れたと、一筆したためてくれればよい」

「その証文をどうなさるおつもりだ」

「どうもせぬ。わしの剣の証(あかし)として所蔵するだけのことだ」

影山はそういって直次郎の詰問をかわしたが、その腹中には影山なりのしたたかな野望がひそんでいたのである。

3

三年前まで、影山惣十郎は備中新見藩の剣術指南役をつとめていた。

新見藩は一万八千石余の外様小藩だが、藩祖の代から尚武の気風が強く、甲源一刀流の遣い手である影山を手厚く処遇し、その指導の下、藩士たちに武道を奨励していた。

また藩主みずからも武芸を好み、月に一度御前試合を催すなど、大いにその興隆を図った。御前試合は、いまでいうトーナメント方式である。最後に勝ち上がってきた者が剣術指南役の影山と立ち合うことになっていた。

当然のことだが、影山はその試合で一度も負けたことがなかった。見物する側も勝敗の帰趨より、影山が相手をいかに打ち負かすかに関心を注いでいた。

ところが……。

三年前の秋の試合で、信じられぬような異変が起きた。

影山が負けたのである。敗因は影山の慢心にあった。あろうことか御前試合の前夜、城下の茶屋でしたたかに酒を呑んだあげく、酔いつぶれて朝まで寝込んでしまい、茶屋から城内の試合場へ駆けつけるという大失態を演じてしまったのである。

いかに格下の相手でも、二日酔いの酔眼朦朧ではまともな試合ができるはずがない。

打ち合うこと数合、相手の仕太刀を受けきれず、あっけなく影山は敗れた。思わぬ番狂わせに、見物席から大きなどよめきが起こり、試合場は騒然となったが、騒ぎはそれだけではおさまらなかった。試合直後、

「影山どのは酒臭い息を吐いておった」

立ち会い役の目付頭が洩らしたその一言が、藩主の逆鱗に触れ、

「武道不覚悟」

の汚名を着せられて、即刻お役御免となったのである。自業自得とはいえ、影山にとってはまさに一生の不覚、痛恨のきわみだった。職を解かれて拝領屋敷を追われた影山は、住まいを城下の長屋に移し、妻子を残して修行の旅に出た。

それから三年――。

諸国を流浪した末に、二月ほど前に江戸に出てきて「闇の殺し屋」の元締めと出会い、身すぎ世すぎのために〝殺し〟を業としながら、再起を図っていたので

ある。

影山にとっての再起とは、ふたたび剣で身を立てることだった。

その方策として思いついたのが、道場破りだった。

江戸に道場を構える剣客たちから「負け証文」をかき集め、それをたずさえて諸大名家の門を叩き、剣術指南の仕官の途を得ようというのが影山のもくろみだった。

すでに影山は三軒の町道場から「負け証文」を手に入れていた。

その三枚に名門の聞こえ高い心抜流堀内道場の「負け証文」が加われば、ほぼ目的は達成されるのだ。

「さ、中根どの、木刀をお取りくだされ」

影山にうながされて、中根は壁の木刀掛けから枇杷の蛤刃（鎬と刃のあいだを蛤の貝殻のようにふくらみを持たせたもの）の木刀をつかみ取った。長さは二尺三寸（約六十九・七センチ）の定寸である。

「試合は一本勝負」

直次郎がサッとうしろに退いた。

中根と影山は向かい合って爪甲礼をし、静かに木刀を構えた。爪甲礼とは頭を下げずにあごを引いて軽くうなずくだけの礼である。

間合いは三間（約五・五メートル）。

影山は中段の構え。中根は右足を引いて右半身に構え、やや腰を落として剣尖を下に向けている。しばらく二人は動かなかった。全身からおびただしい〈気〉を放射しながら、互いに相手の出方を探っている。

道場内には異様な緊張感がみなぎり、壁際に居並ぶ門弟たちは凍りついたように気息を止めて見守っている。

先に動いたのは、影山だった。わずかに足をすって右に廻り込んだのである。木刀は中段からやや下向きに構えている。その動きを見て、

（甲源一刀流か）

直次郎は瞬時に影山の流派を看破した。

甲源一刀流の得意業は胴打ち、それも右胴から左肩へと一気に斬り上げる凄絶な「動」の業である。対する中根晋之助の心抜流は、相手が不意をついて斬突にきたとき、その先を制する「静」の業である。道場正面の見所にかかげられた扁額にも、

〈静中動あり〉

〈動中静あり〉

〈静にして泰然不動〉

〈一心　明鏡止水の如し〉

墨痕淋漓とそうしたためられている。

息詰まる対峙は、須臾の間つづいた。

中根は木刀を下段に構えたまま微動だにしない。一方の影山は寸刻みに足をすって右へ右へと廻り込んでいる。間合いは二間半（約四・五メートル）に縮まっていた。

そして……、

影山の左足が一足一刀の間境を越えた、と見た瞬間、

（はっ！）

無声の気合とともに、影山の執念の一太刀がうなりを上げて、中根の右胴から左肩へと斜めに打ち上げられた。得意の胴打ちである。その瞬間、ほとんど同時に中根の左下段からの斜太刀が紫電の速さで一閃した。

かあーん。

木刀が咬み合う音がひびいた。間髪を容れず、

「それまで！」

と直次郎が試合を止めた。両者が跳びすさって動きを止めた。影山の顔には勝ち誇ったような笑みが浮かんでいる。

「勝負は引き分け。相打ちでござる」

「相打ちだと！」

影山が気色ばんで、

「仙波どの、どこに目をつけているのだ。あれを見よ！」

と中根の着衣を指さした。右脇腹あたりに二寸（約六センチ）ほどの裂け目が走っている。

「わしの剣尖が中根どのの着衣を引き裂いたのだ。明らかにわしの勝ちでござる」

「影山どの」

直次郎が鋭く見返した。

「右の手の甲をごらんくだされ」

「え」

影山はけげんそうにおのれの右手の甲に目をやった。皮膚がわずかに裂けて血がにじんでいる。中根の蛤刃の木刀が、まるで剃刀のように鋭く、影山の右手の甲の皮膚を切り裂いたのである。

「こ、これは、ただのかすり傷ではないか」

「その傷が籠手を取られた証でござる」

「たとえ相打ちにしても、わしは中根どのの胴を取ったのだ。真剣で立ち合っていたなら、中根どのの命はなかったはずだぞ」

「その理屈は通りませんな」

「なに」

「真剣を使っていれば、お手前の右手首も切り落とされていたはず。左手一本で相手の胴を切ることはできんでしょう」

「し、しかし」

　といったまま、影山は黙り込んでしまった。返す言葉がなかった。真剣での立ち合いの場合、敵の籠手をねらって斬り込むのが、剣法の常道であることは影山も知っている。それをずばり指摘されたのだ。影山は顔を真っ赤に紅潮させて歯噛みした。

「この勝負、引き分けでござる」

畳み込むように、直次郎がいった。

「どうかお引き取りを」

影山は憮然とした面持ちで直次郎と中根をにらみつけると、

「ごめん！」

吐き捨てるようにいって踵を返し、荒々しく足を踏み鳴らして出て行った。道場内にぴんと張り詰めていた空気がゆるんで、門弟たちの口から安堵の溜め息が洩れた。

「中根さん、やりましたな」

直次郎が声をかけると、中根は我に返ったように笑みを浮かべて、

「ありがとうございます」

と一礼すると、木刀を壁の木刀掛けにもどして、しみじみといった。

「それにしても、手ごわい相手でした。冷や汗ものでしたよ」

「正直いって業も力もほぼ互角でした。わたしが立ち合っても勝てたかどうか

――」

険しい顔で直次郎はつぶやいた。謙遜ではなく、これは本音である。影山の剣はそれほど強く、凄味があった。その影山が「闇の殺し屋」一味の仲間であろう

とは、もとより直次郎には知るすべもなかった。

4

日本橋品川町の旅籠(はたご)『升屋』の二階部屋で、熊倉清一郎は遅い夕食をとっていた。

父・伝之丞は昼少し前に宿を出たまま、まだもどっていない。

「帰りは遅くなるやもしれぬ」

出がけに伝之丞はそういっていたので、夕飯は一人分だけ頼んでおいたのである。

清一郎が夕飯を食べ終えると、まるでそれを見計らったかのように、年増(としま)の女中がせわしなげに入ってきて膳を片づけていった。

伝之丞がもどってきたのは、それからほどなくしてである。

「父上、何かわかりましたか」

「うむ」

疲れた顔で伝之丞は腰を下ろした。

「以前、鳥居家で賄いをしていたという男に会った」

「で――？」

「その男の話によると、本庄辰輔には囲い女がいたそうだ」

「囲い女？　というと妾のことですか」

「ああ、両国薬研堀の居酒屋の酌女だ。明日にでも、その居酒屋を訪ねてみようと思っている」

「わたしもご一緒しましょうか」

「いや」

　とかぶりを振って、

「二人で動くと目立つからな。なるべく離れて動いたほうがよいだろう。今夜から宿も別にするつもりだ」

「ここを出て行かれるとおっしゃるのですか」

「うむ。わしは馬喰町一丁目の『美濃屋』という旅籠に宿をとった。何かわかったらその宿を訪ねてきてくれ」

「かしこまりました」

「で、おまえのほうはどうだったのだ？」

「伯父上が住んでいたという芝金杉あたりを歩いてみたのですが、これといった手がかりは何も——」

面目なさそうに清一郎は目を伏せた。

「江戸は広いからな」

と伝之丞が慰撫するようにいう。

「そう簡単に見つかるとは思えんし、わしらもそれを覚悟で江戸に出てきたのだ。とにかく、あきらめずに根気よく探索をつづけることだ」

「はい」

「さて、そろそろ——」

伝之丞は手早く荷物をまとめると、身辺にはくれぐれも用心しろよ、といいおいて宿を出て行った。

日本橋品川町から馬喰町までは、小半刻（約三十分）の距離である。

奥州街道沿いにある馬喰町は、江戸開府以前に開かれた古い町屋で、旅籠屋が多い。西は浜町堀の鞍掛橋のたもとから、東は浅草広小路まで一丁目から四丁目まであり、通りの両側には大小の旅籠屋がずらりと軒をつらねている。

時刻は五ツ半（午後九時）ごろだろうか。

どの旅籠屋も明かりを消してひっそりと寝静まっている。

通りには人影もなく、痩せた野良犬が一匹、物欲しげな目で伝之丞を見上げながら、のろのろと闇のかなたに去って行った。

『美濃屋』の表戸もすでに閉まっていた。伝之丞はくぐり戸から中に入り、足音を忍ばせて二階の部屋に向かった。部屋に入るなり、着替えもそこそこに疲れた体を布団に横たえると、伝之丞はたちまち高いびきをかいて眠りに落ちていった。

翌朝四ツ半（午前十一時）ごろ、伝之丞は身支度をととのえて『美濃屋』を出た。

この日も雲ひとつない晴天である。照りつける陽差しを避けるために、伝之丞は宿の近くの荒物屋で菅笠を買って両国薬研堀に向かった。

馬喰町三丁目の東はずれを右に曲がり、横山町三丁目をへて南へ真っ直ぐ行くと薬研堀に出る。薬研堀は、水茶屋や料理茶屋、小料理屋、居酒屋などがひしめく江戸屈指の盛り場である。

本庄辰輔の妾が勤めていたという居酒屋『布袋屋』は、薬研堀不動の近くにあった。間口四間（約七・三メートル）ほどの大きな店で、軒先に屋号を記した大きな提灯がぶら下がっている。

まだ暖簾は出ていなかった。三十年配の女が店先の掃除をしている。

「少々訊ねたいことがあるのだが」

伝之丞が声をかけると、女は手を止めて振り返った。

「何か？」

「以前、この店に本庄辰輔という侍が出入りしていたと聞いたが――」

「ああ、本庄さまなら、よくお見えになっておりましたよ。もっとも、もう三、四年前の話ですけどね」

「馴染みの酌女がいたそうだな」

「さあ、あたしはちょっと――」

女は警戒するように口を濁した。それを見て、伝之丞はふところから小粒（一分金）を取り出して、素早く女の手ににぎらせた。とたんに女の顔がほころんだ。

「おまえに迷惑はかけん。知っているだけのことでいいのだ。教えてくれ」

「お幾さんのことだと思いますけど」

「本庄辰輔の囲い者になったそうだな、その女は」

「ええ、お幾さん、本庄さまに小さな店を持たせてもらったそうですよ」

「その店の名はわかるか？」

「本所尾上町の『ひさご』って小料理屋だそうです」

「そうか。忙しいところ邪魔したな」

女に礼をいって、伝之丞は立ち去った。

本所尾上町は、竪川の河口に位置する八百三十坪ほどの片側町で、川向こうの両国にも引けをとらぬ盛り場としてにぎわっていた。

網の目のように入り組んだ路地を、人足風体の男や小商人ふうの男、垢じみた浪人者、目つきの悪い破落戸ふうの男などがひっきりなしに行き交っている。

その雑踏の中に、熊倉伝之丞の姿があった。

路地をうろつくこと四半刻（約三十分）、ようやく東両国広小路の一角にその店を見つけた。水茶屋と煮売屋にはさまれた間口一間半（約二・七メートル）ほどの小さな店で、軒先に『ひさご』と記した軒行燈がかかっている。

伝之丞は格子戸を引いて中をのぞき込んだ。店の中は真っ暗で人の気配はなかった。

「ごめん」

と声をかけてみたが、応答はなかった。

盛り場の飲食店の口明けは、八ツ半（午後三時）ごろである。とすれば、もうそろそろ料理の仕込みや開店の準備に取りかからなければならないはずなのだが……。

現に近隣の茶屋や小料理屋では、店の主人や女将、仲居、女中たちがあわただしく開店の準備に取りかかっている。

（妙だな）

小首をかしげながら、店先に立っていると、

「お侍さん」

ふいに背後から声がかかった。振り向くと、隣の煮売屋の亭主らしき五十がらみの男が立っていた。

「その店はやってませんぜ」

「店を閉めたのか」

「へい。半月ほど前に女将のお幾さんが身投げしましてね。それ以来ずっと店は閉めっぱなしになってるんで」

「身投げした！」

伝之丞は思わず瞠目した。

男の話によると、半月前の早朝、川荷船の船頭が堅川の河口付近に浮いているお幾の死体を見つけ、近くの番屋に通報して死体を引き揚げたところ、死体の両足は細引でしばられ、着物のたもとに重しの石が数個詰められていたという。覚悟の身投げに違いない、と男はいった。

「その女に身寄りはなかったのか」

「お幾さんは陸奥の片田舎の出だそうで、江戸に身寄りは誰もいなかったようです。亡骸は回向院の無縁墓地に葬られたと聞きました」

「つかぬことを訊くが」

「へい」

「お幾を囲っていた本庄辰輔という侍に心当たりはないか」

「いえ、知りませんね」

男は言下に首を振った。見るからに誠実そうで、他意のない顔をしている。嘘をついているとは思えなかった。伝之丞は男に礼をいって足早に立ち去った。

——お幾は殺されたのだ。

直観的にそう思った。半月前といえば、谷沢菊右衛門が殺された時期とほぼ一致する。明らかにお幾も本庄辰輔の手の者に口を封じられたのである。

——また先手を打たれたか。

肚の底で暗澹とつぶやきながら、伝之丞は吾妻橋の東詰に足を向けた。そのうしろ姿を東両国広小路の路地角に立って険しい目で見送る男がいた。ぞろりとした着流しで羽織はなく、月代は伸び放題である。——本所深川を根城にしている地廻りの浅吉だった。


あ、ああ……。

艶めかしい緋緞子の夜具の上で、女が白い喉を震わせて、絶え入るような声を上げている。女におおいかぶさり、執拗に乳房を吸っているのは、影山惣十郎だった。浅黒い引き締まった体が汗でぬめぬめと光っている。

場所は深川永代寺門前東町の水茶屋『よし野』の二階座敷。開け放った窓から、夕暮れの涼風がそよぎ込み、乱れた女の髪をさらさらと撫でてゆく。

堀内道場の師範代・中根晋之助と立ち合ってから二日がたっていた。その二日間、影山惣十郎は『よし野』に入りびたり、酒を呑んでは茶屋女を抱き、女を抱いてはまた酒を食らうという自堕落な時を過ごしていた。

女の乳房を口にふくみながら、影山はちらりとおのれの右手を見た。手の甲に二寸（約六・一センチ）ほどの傷痕がある。中根晋之助に打たれた傷である。傷はすでに治っていたが、傷痕のまわりがやや腫れて青黒い痣になっていた。いまでも指を動かすと手の甲の骨がズキズキと痛む。それほど中根の一撃は強烈だった。

試合の結果は「相打ち、引き分け」だったが、影山にとってそれは「負け」に等しい試合だった。何より江戸で五指に数えられる堀内道場から、「負け証文」が取れなかったことが大誤算だった。

――堀内道場を破れば、おれの剣名も上がる。

そのもくろみが根底から崩れ、影山の野望は音を立てて崩れていったのである。

（所詮、おれの剣は田舎剣法にすぎぬ）

「負け」こそはしなかったが、中根に「勝てなかった」という事実が、影山の自信と矜持を粉々に打ち砕いていた。

堀内道場を退出すると、影山は深川伊勢崎町の借家にもどり、それまでに手に入れた三通の「負け証文」を千々に引き裂いて捨てた。その三通はいずれも無名

の町道場から勝ち取ってきた証文である。中には立ち合う前から、

「どうか、穏便に」

と道場主みずからがなにがしかの金子を添えて差し出したものもあった。

そんな証文がいったい何の役に立つというのか。堀内道場の「負け証文」が手に入ってこそ、その三通も〝数の内〟としての価値を持つのだが、いまとなっては、

〈ただの紙屑〉

にすぎないのである。

腹立たしげに三通の「負け証文」を破り捨てると、影山はありったけの金子を持って永代寺門前の水茶屋『よし野』に向かい、そのまま二日間流連を決め込んだのである。

「あ、痛い」

ふいに女が小さな叫びを上げた。影山が女の乳首に歯を立てたのである。

「旦那、もっとやさしくしてくださいな」

「じゃ、こうしてやろう」

いきなり、影山は女の喉首に嚙みついた。

「ひいッ」

女が悲鳴を上げてのけぞる。白い喉元に糸を引くように一筋の血が流れた。

「ら、乱暴はやめてください」

「そのうち気持ちよくなるさ」

影山は女の両足首をつかんで高々と抱え上げた。そして下肢（かし）を前に押し倒し、股間をのぞき込んだ。薄桃色の秘所がしとどに濡れている。女の両脚を肩にかけて、影山は怒張（どちょう）した一物をつまみ上げた。尖端を切れ込みにあてがい、上下にこすりつける。

「あっ」

女が叫んだ。影山の一物が深々と秘所をつらぬいたのだ。

「おのれ、おのれ」

わめきながら、影山は狂ったように腰を振った。女の口からすすり泣くような声が洩れはじめた。影山はけだものと化している。その粗暴で、卑（いや）しいけだもののいとなみに、女もいつか体を合わせ、みずからもけだものになっていた。

「あ、いい……、いい」

上体を弓のようにそらせて、女が口走る。影山の口から荒い息が洩れた。

「わ、わしも、果てる！」

うめくようにいって、影山は腰を引いた。一物がするりと抜けて、白濁した淫液が女の腹に飛び散った。女は四肢をひくひく痙攣させながら、白目を剝いて弛緩した。

夕闇が宵闇に変わろうとしていた。

永代寺門前通りには、おびただしい明かりが渦巻いていた。提灯や軒行燈、雪洞、地口行燈など、まさに百花繚乱のにぎやかさである。

人混みの中を、ふところ手の影山惣十郎がただようように歩いている。二日二晩、ほとんど一睡もせずに酒と女に明け暮れたせいか、目が窪み、頰がげっそりと削げ落ち、数日前の影山とはまるで別人のようにすさんだ風貌になっていた。

門前東町から仲町の大通り（俗に馬場通りという）にさしかかったときである。人波を縫うようにして、影山のかたわらに歩み寄ってきた男がいた。地廻りの浅吉である。

「旦那、元締めが探しておりやしたよ」

浅吉が小声でさり気なくいった。

「仕事か」

「へい。今夜五ツ（午後八時）、例の場所で」

そういうと、着流しの裾をひらりとひるがえして、浅吉は人混みの中に消えていった。

二カ月前に江戸に出てきたとき、影山は当てもなくこの深川にやってきて、とある居酒屋に足を踏み入れた。そこで知り合ったのが地廻りの浅吉だった。酒を酌み交わしながらたわいない世間話をしているうちに、

「旦那、金になる仕事があるんですがね」

と浅吉が持ちかけてきたのが、「闇の殺し稼業」だった。

手持ちの金が底をついていた影山は、渡りに船とばかりその話に乗った。

そして翌日の夜、谷中の廃寺『仙厳寺』の境内で、はじめて一味の〝元締め〟に引き合わされたのである。その男は菅の一文字笠で面体を隠し、名前はおろか素性さえ明かそうとはしなかった。

後日、浅吉から聞いて知ったのだが、〝元締め〟の正体を詮索してはならないのが一味の掟だという。それを聞いて影山はせせら笑いを浮かべた。

「わしも別に知りたいとは思わぬ。金さえきちんと払ってくれればそれでよいの

だ」

「仕事料は前払いです。取りっぱぐれはありやせんよ」

「おまえが仕事の連絡をするのか」

「へい」

「ところで浅吉、もう一つ、おまえに頼みたいことがあるのだが」

「へい。何なりと」

「深川に住まいを探してもらえぬか」

「おやすい御用で」

と浅吉が探してきたのが、深川伊勢崎町の借家だった。

それから二カ月がたっていた。影山はすでに四人の男を闇に葬っている。その四人の素性や、殺しの依頼主の事情などはいっさい知らされなかった。あくまでも金ずくで殺しを請け負う「殺し屋」は、詳しい事情を知らなくてもよい、いや、知るべきではないというのがこの世界の暗殺の定法なのである。

影山は馬場通りの一ノ鳥居をくぐって、黒江町の路地を左に曲がった。路地の突き当たりに黒塀をめぐらした湯屋があった。

紺地に『浜ノ湯』と染め抜いた大暖簾がかかっている。それを分けて、影山は中に入った。約束の五ツ（午後八時）まではまだ一刻（二時間）ほどある。湯屋でひとっ風呂浴びてから谷中に向かうつもりだった。

5

上野大仏下の時の鐘が五ツを告げ終えたとき――。

谷中の廃寺『仙厳寺』の境内に、影山惣十郎がうっそりと姿を現した。

と――、それを待ち受けていたように、鐘楼台の石段の上に黒影が浮かび立った。例によって菅の一文字笠をかぶり、腰に脇差を落としている。闇の元締めである。

「お待ちしておりやした」

元締めが低くいった。影山は用心深く周囲の闇を見廻した。

「今夜はわしだけか」

「今回は少しばかり手ごわい相手なので、影山さんにお願いすることにしやした」

「手ごわい相手？」

「この男です」

ふところから折り畳んだ書状を取り出して、影山に手渡した。影山は書状を開いて素早く目を走らせた。

「侍か」

鋭い目でじろりと元締めを見た。

「仕事料は二両です」

「二両か——。相手が気の毒だな」

影山は皮肉に笑ってみせた。

「と申されると？」

「侍の命にしては安すぎる。たった二両ではこの侍も浮かばれまい」

「ふふふ、影山さんもずいぶんと十露盤が達者になりましたな」

元締めがやり返すと、影山は急に真顔になって、

「わしは今夜かぎりで、仕官の志を捨てることにした」

「ほう、それはまたどういう風の吹き廻しで？」

「悟りを開いたのだ」

影山の顔にふっと自嘲の笑みがわいた。

「剣で身を立てるのは容易なことではない。今後は闇稼業に徹するつもりだ」

「それは結構なことで。影山さんに本腰を入れていただければ、手前どもも大助かりですよ。今後のお付き合いもございますので、もう一両張り込みやしょう」

「三両か」

「まだ不足だとでも？」

「深川の水茶屋で散財してきたのでな。いささかふところが寂しいのだ」

「わかりやした。このさい奮発して、これで」

と元締めは四本の指を立てた。

「よし。それで手を打とう」

元締めから受け取った四両の金を無造作にふところにねじ込むと、影山は生い茂った雑草を踏みしだいて闇の深みに消えていった。

影山が向かったのは、芝神明（しばしんめい）の門前町だった。深川永代寺門前町とは規模こそ違うものの、ここにも水茶屋や料亭、居酒屋、小料理屋、楊弓（ようきゅう）場などがあり、江戸南部の代表的な盛り場としてにぎわっていた。

影山は盛り場の一角に『芝源（しばげん）』の提灯を下げた居酒屋を見つけ、縄暖簾を割ってふらりと中に入った。店は混んでいた。飯倉神明宮（いいぐらしんめいぐう）の門前町という土地柄のせいか、客の大半は宮大工や植木職人、護符売りなどの地元衆ばかりである。

影山は戸口近くの席に腰を下ろして、小女に冷や酒二本を注文すると、板壁にもたれながら縄暖簾越しに真向かいの店の様子をうかがった。

軒行燈に『菊水』の屋号が読める。門前町一の老舗といわれる料亭である。元締めから渡された書状によると、ねらう〝獲物〟はその料亭にいるらしい。

運ばれてきた冷や酒を舐めるように呑みながら、影山は『菊水』に出入りする客たちに鋭い目を張りつけていた。

二本目の銚子を空けて、追加を注文しようとしたとき、『菊水』の格子戸ががらりと開いて、二人の武士がほろ酔い機嫌で姿を現した。一人は四十なかば、骨太でがっしりした体軀の武士——熊倉伝之丞だった。もう一人は同年配の身なりのきちんとした武士、伊予松山藩江戸定府の藩士・片岡時次郎である。

(あの男か……)

影山の鋭い視線が、熊倉伝之丞に向けられた。伝之丞の歳恰好や風貌が、書状に記された〝獲物〟のそれとぴったり符合したのである。

『菊水』の店先で短く言葉を交わし合うと、二人はそれぞれ別の方向に歩き出した。それを見て影山は、卓の上に酒代を置き、おもむろに腰を上げた。

伝之丞は浮かぬ顔で盛り場の路地を歩いていた。本庄辰輔の探索に行き詰まり、思いあぐねて再度旧友の片岡時次郎に情報を求めたのだが、

「わたしなりに手をつくして調べてはいるのだが、いまのところ、これといった手がかりは何も……、力になれなくて申しわけござらぬ」

と片岡に頭を下げられ、結局、昔話に花を咲かせただけで別れてきたのである。

ふうっ。

伝之丞の口から何度も深い溜め息が洩れた。心なしか足取りも重い。

盛り場の路地を抜けて、広い通りに出た。東海道である。

江戸日本橋と京をむすぶこの大往還は、上り下りの旅人や荷駄を運ぶ人馬、公用の武士などの往来で終日にぎわいを見せるのだが、五ツ（午後八時）を過ぎたこの時刻になるとさすがに人気が絶えて、物寂しい闇に領される。

東の空に下弦の細い月がぼんやり浮いている。

前方に小さな川が見えた。増上寺裏門から流れて東海道を横切り、東の海へ落ちる宇田川である。その川に架かる土橋を渡りかけたときだった。伝之丞は背後にかすかな足音を聞いて、けげんそうに振り返った。人影が足早に迫ってく

る。

（跟けられていたか）

伝之丞の五感がただならぬ気配を看取した。右手を刀の柄頭にかけて、ひたと闇に目を据えていると、人影が急に歩度をゆるめて近づいてきた。黒羽二重の小袖に朽葉色の袴をはいた長身の浪人者――影山惣十郎である。

「拙者に何か？」

油断なく身構えながら、伝之丞が声をかけた。

「伊予松山浪人・熊倉伝之丞どのでござるな」

低い、陰気な声が返ってきた。

「なぜ、手前の名を――？」

「ゆえあって、貴殿の命をちょうだいする」

「そうか！」

数歩跳びすさって、伝之丞が叫んだ。

「本庄辰輔の手下か！」

「わしは誰の手下でもない。〝殺し〟を生業にしている一匹狼だ」

「お、おのれ！」

伝之丞は抜刀して身構えた。影山もゆっくり刀を抜き放ち、中段に構えた。

両者の間合いはおよそ四間（約七・三メートル）。影山は剣尖をやや下に向け、すべるような足さばきで右へ右へと廻り込んでゆく。甲源一刀流の秘太刀、胴打ちの構えである。

伝之丞は宇田川を背にして、刀を青眼に構え、川の縁に沿って左横へ移動する。右へ廻り込む影山に対して、その逆をつく構えである。

しばらく息詰まる対峙がつづいた。

と――、ふいに影山の動きに変化が生じた。

急に左へ廻り込みはじめたのである。伝之丞の顔に戸惑いの色が浮かんだ。あわてて右へ動こうとした瞬間、青眼に構えた刀がわずかに揺らいだ。その一瞬の隙を影山は見逃さなかった。一気に間境を越えて、伝之丞の刀を下からはね上げたのである。

きーん。

鏘然と鋼の音がひびき、闇に火花が散った。

反動で伝之丞の上体がのけぞったところへ、間髪を容れず、影山は手首を返して刀を回転させ、すくい上げるように左脇腹から右肩に向けて薙ぎ上げた。

伝之丞の着衣が斜めに切り裂かれ、音を立てて鮮血が飛び散った。

「き、貴様ァ！」

全身血まみれの伝之丞が、鬼のような形相で斬りかかってきた。横に跳んでそれをかわすと、影山は諸手にぎりの刀を伝之丞の胸板目がけて突き出した。とどめの刺突の剣である。切っ先は伝之丞の心ノ臓をつらぬいて、背中に飛び出していた。

影山が刀を引き抜くと、さすがに力つきて、伝之丞は上体を大きくのけぞらせ、仰向けに宇田川に転落していった。

どぼん。

と水音がして、川面に真っ赤な水泡がわき立ち、ややあって伝之丞の斬殺死体がぽっかり浮かび上がった。その死体に冷やかな一瞥をくれると、影山は刀の血ぶりをして鞘に納め、悠然と土橋を渡って闇のかなたに去って行った。

第四章　罠（わな）

1

小夜が身支度（みじたく）をととのえて、家を出ようとすると、

「ごめんよ」

と仙波直次郎がひょっこり姿を現した。

「あら、旦那（だんな）、どうしたんですか」

「野暮用（やぼよう）があって近くまできたんだ。ちょいといいか？」

どうぞ、と居間に招じ入れて、台所で茶を淹（い）れはじめる小夜に、直次郎は気づかわしげな目を向けて、

「出かけるところだったんだろ？　構わなくてもいいぜ」

「ううん。別に急ぐような用事じゃないから」

「例の仇討ちの件か」

「まあね」

小夜が茶を運んできた。直次郎はそれをぐびりと飲みながら、

「で、どうなんだ？　何か手がかりでもつかめたのか」

「それが、さっぱり……、何かいい知恵があったら教えてくださいな」

「いい知恵か」

「旦那、人探しはお手のもんなんでしょ？」

「そりゃ昔の話だ。廻り方をつとめていたころは、それなりに手づるもあったし、情報を運んでくる手先もいたが、いまのおれにそんな力はねえさ」

「確かにね」

小夜はくすりと笑った。

「いまの旦那を見ていると、とても腕利きの町方だったとは思えない」

「おい、おい、おれは謙遜していってるんだぜ」

直次郎は苦笑した。そのとき、小夜の目がふと直次郎の刀の下げ緒にぶら下が

っている象牙の根付に止まった。

「あら、旦那、結構な物を身につけてるじゃないですか」

「うん？」

「象牙の根付。何かお金になるような仕事でもしたんですか？」

小夜が意味ありげな目で見た。

「ああ、これか。これは奉行の役宅に出入りしている商人からもらったもんよ」

「そう。話は変わるけど――」

と急に真顔になって、

「お侍さんはなんで仇討ちをしなきゃいけないんですか」

「なんでって、おれに訊かれてもなァ」

困惑したように、直次郎は頭をかいた。

「ご定法で決められてるの？」

「いや、別に法で決められてるわけじゃねえさ。いってみりゃ侍の意地とか面子でやってるようなもんよ」

直次郎のいうとおり、仇討ちに法の規定は何もないが、古来、親の讐を報ずれば孝子、主人の仇を討てば忠臣と、儒教思想で称揚されてきたため、いつしかそれが不文律の「武家の掟」となったのである。

「ふーん」

釈然とせぬ顔でうなずきながら、小夜が直次郎の湯飲みに茶を注ごうとしたとき、「ごめん」と玄関で男の声がした。その声を聞いて、小夜はハッと顔を上げた。

「清一郎さまだわ！」

「清一郎？」

直次郎は思わず訊き返した。

「熊倉清一郎さま、仇を探してる人ですよ」

「この家を教えたのか」

「旦那、悪いけど奥の部屋に隠れててくださいな」

「あ、ああ」

あわてて隣室の襖を引き開け、直次郎が這うようにして部屋に入ると、小夜はうしろ手でぴしゃりと襖を閉め、手早く茶盆を片づけて、いそいそと玄関に向かった。

三和土に熊倉清一郎が固い表情で立っている。

「清一郎さま」

清一郎は力なく小夜を見た。目が真っ赤に充血している。

「小夜さんの耳に入れておきたいことがある。じつは――」

といいかけるのへ、

「あ、こんなところで立ち話も何ですから、どうぞお上がりください」

清一郎を奥の部屋にうながし、小夜は台所に向かった。

「ただいま、お茶を」

「いや、急ぐので茶はいらぬ。座ってくれ」

小夜は部屋にとって返し、つつましげに清一郎の前に着座した。

「昨夜、父が何者かに殺された」

清一郎が低い声で、うめくようにいった。

「まさか！」

小夜は瞠目（どうもく）した。

「つい先ほど、宇田川（うだがわ）町の自身番屋の番太郎が知らせにきた。父は脇腹から胸にかけて逆袈裟（ぎゃくけさ）に斬られた上、心ノ臓（しんのぞう）を一突きにされて宇田川に浮いていたそうだ」

「…………」

驚愕のあまり、小夜は言葉を失った。

「本庄辰輔の手の者の仕業に相違ない」

「お気の毒に、なんと申し上げてよいやら――」

言葉もありません、と小夜は声をつまらせた。

「父は松山藩の江戸藩邸の知人に会うといっていた。おそらくその帰りを待ち伏せされたのであろう」

「すると、下手人はお父さまの動きを事前に？」

「知っていたのだろうな。数日前に、父は本庄辰輔の女がつとめていたという居酒屋を訪ねている。ひょっとするとそのときに敵に勘づかれたのかもしれぬ」

「それはどこの居酒屋ですか？」

「両国薬研堀の『布袋屋』という居酒屋だ。だが、そのあとの父の足取りはわかっていない」

「わたしが調べてみましょうか」

「いや、心づかいはありがたいが、小夜さんはもうこの件から手を引いてくれ」

「でも――」

「小夜さんを危ない目にあわせたくないからな」

「それより、清一郎さまのことが心配です」

「案ずるな。万一に備えて、わたしと父は別々に宿をとり、しばらく離れて動くことにしたのだ。それゆえ敵はまだわたしの所在を知らないはずだ」

「………」

「小夜さん」

清一郎がじりっと膝（ひざ）を詰めた。小夜は切なげな目で清一郎を見た。

「正直いって、わたしは伯父（おじ）上の仇討ちにはさほど乗り気ではなかった」

「………」

「だが、いまは違う。本庄辰輔は父の仇。たとえ刺し違えてでも、かならず、わたしがこの手で討つ」

「刺し違えてでも？」

「そんな修羅場（しゅらば）に小夜さんを巻き込みたくないのだ。わたしの気持ちを察してくれ」

「清一郎さま」

「用件はそれだけだ。父の亡骸（なきがら）を引き取りに行くので、失礼する」

と一揖（いちゆう）して立ち上がり、小夜の切なげな視線を振り切るように、清一郎は足早に部屋を出て行った。その足音が消え去ると同時に、隣室の襖が音もなく開き、直次郎がのっそりと這い出てきた。小夜がうつろな表情で振り向いた。

「聞いたぜ」

「………」

「親父（おやじ）どのは返り討ちにあっちまったか」

「とうとう一人きりになってしまったわ、清一郎さま」

悄然（しょうぜん）と小夜は目を伏せた。

「おめえを修羅場に巻き込みたくねえといってたな。心根のやさしい男じゃねえか」

「あたしのことなんか、どうでもいいんですよ」

小夜は声をとがらせた。

「まま、そうトンがるな。おめえが心配してるのは、あの侍の身の上なんだろ」

「わかってるんなら、旦那も力を貸してくださいな」

「本庄辰輔の行方（ゆくえ）を探せってのか」

「できればね」

「ま、せいぜい心掛けておこう」

五ツ（午後八時）を告げる上野大仏下の鐘の音を聞きながら、万蔵は宵闇につつまれた不忍池のほとりを東に向かって歩いていた。

数日前に、ある筋から耳よりな情報を得て、不忍池の北東にある旗本・秋元但馬守の下屋敷に向かっていたのである。

旗本の下屋敷は別荘のようなもので、あるじがお成りになることはめったにない。しかも町奉行所の役人の手がおよばぬ治外法権なので、屋敷に詰めている渡り中間たちは毎晩のように中間部屋で賭場を開いていた。

その賭場に二月ほど前から、妙に金廻りのいい〝大男〟が出入りしていると聞いて、

（もしや、その男が……）

怪力の「殺し屋」ではないかと思い、数日前から秋元家の下屋敷の中間部屋に通い詰めていたのだが、それらしい男はさっぱり姿を見せず、

（今夜こそは）

と再度、秋元家の下屋敷に足を向けたのである。

下屋敷の裏門の前に立って、万蔵は大扉を三度叩いた。それを合図に、門の小扉がかすかなきしみを立てて開き、門番の足軽が提灯を突き出してちらりと誰何し、無言で中にうながした。門内に足を踏み入れると、

「やァ、源蔵さん」

紺看板に梵天帯の中間が、なれなれしい笑みで万蔵を迎え入れた。「源蔵」とは、むろん万蔵の変名である。

「ご案内いたしやしょう」

中間が提灯をかざして、万蔵を屋敷の裏へ案内した。

木立の奥にほんのりと明かりがにじんでいる。中間部屋の窓明かりである。案内役の中間が入口の腰高障子を引き開けて、

「どうぞ、ごゆっくり」

と万蔵を中にうながし、足早に立ち去って行った。

雪駄を脱いで廊下に上がり、正面の障子を引くと、三畳ほどの畳部屋になっており、そこに銭箱を前にして初老の中間が座っていた。

「二分ばかり換えてもらおうか」

万蔵は小粒二個を銭箱の上に置き、それと引き換えに駒札の束を受け取った。

駒札は矩形の厚紙に黒漆を塗ったもので、博奕打ちはこれを「鐚駒」と呼んでいる。鐚駒一枚は二十五文に相当する。その駒札の束を抱えて、万蔵は奥の賭場に向かった。

賭場は十五畳ほどの板敷の部屋で、吊り行燈の下に畳を二枚並べて白木綿をかぶせた盆茣蓙がしつらえてあり、そのまわりを種々雑多な男たちが取り囲み、血走った目で賽の目を追っている。盆茣蓙の中央には、中盆と壺振りが向かい合って座り、

「さ、張ったり、張ったり」

と男たちをあおっている。二人とも諸肌脱ぎで、背中に見事な倶利迦羅紋紋の刺青を入れているが、いずれもこの屋敷に詰めるれっきとした中間なのだ。

万蔵は盆茣蓙の片隅に腰を下ろし、駒札を張りながら、さり気なく客たちの顔を見廻した。が、すぐにその目が一点に止まった。

ひとりだけ図抜けて体の大きな男が、盆茣蓙の左隅にどっかりと腰を据えている。一見して相撲取り上がりとわかる巨漢——雷の岩五郎である。

（あの野郎か）

周囲に気づかれぬように、体をやや斜めに傾けながら、万蔵は目のすみで岩五

郎の様子をうかがった。

「半座はございませんか。半座が空いてますよ。さ、張ったり、張ったり」

中盆が勝負をうながしている。

岩五郎は、手持ちの駒札のすべてをヤツデのような大きな手で無造作につかみ取ると、躊躇することなくズンと半座に積み上げた。噂どおり、よほど金廻りがいいのだろう。隣の男が思わず溜め息を洩らすほど荒っぽい張り方である。

「丁半、そろいました！」

中盆の声を受けて、壺振りが壺笊を振り上げ、ポンと盆茣蓙に伏せる。

「勝負！」

の声とともに壺が開いた。

「五・二の半！」

どよめきがわき起こり、丁座に張られた駒札がざざっと半座に流れてゆく。

岩五郎の膝の前に、たちまち駒札の山が並んだ。ざっと数えて二百枚はあるだろう。鐚駒一枚は二十五文だから五千文の勘定になる。

2

半刻（一時間）ほどたったときである。岩五郎がふいに駒札の山を両手で抱え上げ、のっそりと立ち上がって賭場を出て行った。

それを横目でちらりと見送ると、万蔵は頃合いを見計らって何食わぬ顔で腰を上げた。盆茣蓙を取り囲む男たちは、退出する二人にまったく気づいていない。目もくれず博奕に熱中している。

「おや、源蔵さん、もうお帰りですかい？」

銭箱の前の初老の中間が愛想笑いを浮かべていった。

「今夜はツキがねえ。また出直してくるぜ」

肩をすぼめながら、万蔵は土間に下りて雪駄をつっかけ、そそくさと出て行った。

裏門から外に出ると、万蔵は素早く四辺の闇を見渡した。半丁（約五十メートル）ほど先の闇の中に、雲突くような大男がゆったりと歩いて行くのが見えた。

路傍の木立や物陰の闇を拾いながら、万蔵は音もなく岩五郎のあとを跟けた。

下谷広小路につづく一本道を、岩五郎は巨体を揺すりながらゆっくり歩いて行く。

ほどなく不忍池のほとりに出た。

満天の星明かりを映して、池面が青白く輝いている。

と、ふいに池畔の茂みから羽音を立てて水鳥が飛び立った。

異変が起きたのは、そのときだった。万蔵が路傍の立木から立木へと移動した一瞬の隙に、岩五郎の姿が忽然と消えたのである。

万蔵はあわててあたりを見廻した。道の右手は不忍池、左手は深い樹木におおわれた東叡山忍ケ岡、俗にいう上野山である。

岩五郎が姿を消したのは、大仏下の鐘楼堂につづく稲荷坂の付近だった。

万蔵は稲荷坂に向かって走った。生い茂る樹林の中に勾配の急な坂道がのびていて、その奥に鐘楼堂の黒い屋根が見える。

（どこに消えちまったんだ？）

用心深くあたりを見廻しながら、稲荷坂を二、三歩上りかけたとき、突然、左の樹林の中から、巨大な影が凄まじい勢いで飛び出してきた。さながら黒いつむじ風だった。

万蔵の首にガシッと何かが食い込んだ。背後から両手で首をつかまれたのである。まるで鉄輪をはめられたように、咽喉に強い圧迫を感じて、一瞬、万蔵は息が詰まった。そのまま体がふわりと宙に浮いた。

「貴様、おれを跟けていたのか」

耳もとで、岩五郎の低いだみ声がひびいた。万蔵は応えない。いや応えられなかった。首をつかまれたまま宙吊りにされているので、声はおろか息もつけないのだ。

「応えろ」

岩五郎が手をゆるめた、そのわずかな隙を見て、万蔵はふところから匕首を引き抜き、岩五郎の手を斜め上に切り上げた。

鮮血が糸を引くようにほとばしった。

「わっ」

と叫びながら、岩五郎は万蔵の体を高々と放り投げた。恐るべき怪力である。

万蔵の体は藁人形のように軽々と宙を舞い、およそ二間（約三・六メートル）の高さから真っ逆さまに地面に叩きつけられた。――かに見えた瞬間、万蔵はくるっと体を一回転させて、猫のようにしなやかな身のこなしで着地した。

「貴様ァ！」

逆上した岩五郎が凄い剣幕で突進してきた。

万蔵は匕首を逆手に持って身構えた。

地響きを立てて岩五郎が迫ってくる。人というより、それはまるで猛り狂った猛牛だった。風圧で万蔵の髪が乱れた。

岩五郎が太い両腕を交互に突き出しながら、一直線に突進してくる。相撲の突っ張りのような動作である。万蔵はとっさに横に跳んでかわした。

岩五郎の巨体が前にのめった。

すかさず背後に廻り込んで、万蔵が匕首を振りかざそうとすると、岩五郎はその巨体に似合わぬ敏捷な動きで、草むらに転がっていた直径三尺（約九十センチ）はあろうかという巨石を、軽々と抱え上げて振り返った。

異様な戦慄が、万蔵の背筋を突き抜けた。

「うおーッ」

岩五郎の口からけだもののような雄叫びが発せられ、同時に黒い塊がうなりを上げて飛んできた。抱え上げた巨石を万蔵めがけて投げつけたのである。

間一髪、万蔵はうしろに跳んで、それをかわした。

ずん！

地響きとともに土埃が舞い上がり、万蔵の足元に巨石が落下した。地面がえぐられて一尺（約三十センチ）ほどのめり込んでいる。

（こいつは化け物だ！）

さすがに万蔵は度肝を抜かれた。人間業とは思えぬ恐るべき膂力である。勝ち目はないとみて万蔵は身をひるがえし、脱兎の勢いで逃げ出した。

「待ちやがれ！」

地響きを立てて岩五郎が追ってくる。万蔵は必死に逃げた。

不忍池のほとりの道を無我夢中で走った。

ようやく前方右手に町明かりが見えてきた。仁王門・門前町の明かりである。

走りながら万蔵は背後を振り返った。追尾をあきらめたのか、岩五郎の姿はなかった。

ホッと安堵の吐息をつきながら、万蔵は忍川に架かる三橋を渡った。

橋の南側は下谷広小路である。

ほとんどの商家はもう大戸を下ろしてひっそりと寝静まっていたが、料亭や小料理屋、蕎麦屋、寿司屋、煮売屋など、飲み食いを商う店には煌々と明かりが灯り、遊客が群がっていた。万蔵はもう一度背後を振り返ると、足早に人混みの中に消えて行った。

「その大男が『神崎屋』殺しの下手人だというんですかい」

茶を淹れながら半次郎が訊いた。日本橋小網町の舟小屋の中である。暗がりの空き樽に万蔵が座っている。湯飲みを受け取って、万蔵は冴えない顔で応えた。

「危うくおれも頸の骨を折られるところだった。あれだけの怪力の持ち主はそうざらにはいねえ。十中八、九間違いねえだろう」

「で、その男の素性はわかったんですかい？」

「いや、まだ何もわかっちゃいねえ。それを探ろうとした矢先に勘づかれちまったんだ」

「面が割れたんで？」

相手に顔を見られたのか、と訊いているのである。

「ああ、とんだ不覚をとっちまったもんよ」

自嘲するように、万蔵は薄い頭をぼりぼりとかいた。

「手を引いたほうがいいでしょう」

半次郎がさらりといった。あいかわらず抑揚のない低い声だが、しかし、その声の奥には〝闇稼業の掟〟を示唆するような冷徹な響きがこもっていた。

「手を引け？」

万蔵が険しい目で見返した。

「二度の失敗は許されやせんので」

「二度の失敗だと！」

万蔵は声を荒らげた。

「おい、半の字。おれを見くびるんじゃねえぜ」

「…………」

半次郎はまったくの無表情である。たじろぐ気配も見せない。何やらとげとげしい沈黙が数瞬つづいたあと、万蔵は気を取り直すようにいった。

「たしかにおれはドジを踏んだ」

おだやかな声にもどっている。

「一度ドジを踏んだからには、その仕事から手を引かなきゃならねえのが、闇稼業の掟だってことも知ってる。……だがな」

と茶を一口すすり上げた。

「面は割れても、おれの素性がばれたわけじゃねえんだ。おめえが何といおうが、この仕事はつづけさせてもらうぜ」

「あっしはやめろとはいっておりやせん。この仕事から手を引いたほうが万蔵さんの身のためだと、そういっただけです」

「心配にはおよばねえさ。二度と同じ轍は踏まねえ。かならず、あの化け物の正体をあばいてやる」

湯飲みに残った茶を一気に飲み干して、万蔵は憤然と立ち上がった。

　五月もなかばを過ぎると、江戸は本格的な夏を迎える。

　大川には屋形船や屋根舟、猪牙舟など、大小の涼み船がひっきりなしに行き来し、陸上と変わらぬ混雑を呈しはじめていた。

　その混雑を避けるように、一艘の屋根舟が吾妻橋の下の橋脚にもやい綱でつながれ、簾を下ろしてひっそりと停まっている。

　舟の中で二人の男が密談していた。一人は茶縞の単衣の着流しに、菅の一文字笠で面体を隠した〝元締め〟である。対座しているもう一人は、藍染めの浴衣に柿色の三尺帯、はだけた胸元に白木綿の腹巻をのぞかせた船頭ふうの男――地廻りの浅吉である。

「『闇の殺し人』の一味かもしれねえな、その男」

苦い声でつぶやいたのは、元締めである。浅吉が小さくうなずいた。

「岩五郎さんもそういっておりやしたよ」

「匕首を使ったといったな?」

「へい」

「とすると、岡っ引の丑松を殺ったやつとは別人に違いねえ。そいつの面は割れてるのか?」

「へい。歳は四十がらみ、狒々のような面をしてたそうです。どうやら賭場を出たときからそいつに跟けられていたようで」

「岩五郎も岩五郎だ」

吐き出すように元締めがいった。

「賭場なんかに出入りしてりゃ誰の目に止まるかわかりゃしねえし、ましてやあの図体だ。すぐに噂が広まるだろう」

現に万蔵はその噂を聞きつけて秋元家の賭場に探索に入ったのである。

「ほとぼりが冷めるまで、岩五郎さんにはしばらく姿を消してもらいやしょうか」

「いや」

と元締めはかぶりを振った。

「いままでどおり、好きなようにさせておくがいいさ」

「けど、敵に目をつけられてるんですぜ」

「それを逆手に取るのよ」

「逆手？」

「岩五郎に囮になってもらうのさ。一味をおびき出すためのな」

「なるほど」

浅吉がにやりと嗤った。

「そろそろ舟を出してもらおうか」

「へい」

うなずいて、浅吉が腰を上げた。

ちょうどそのとき、東と西からほぼ同時に、昼八ツ（午後二時）を告げる鐘の音が響きはじめた。東は本所入江町、西は浅草弁天山の時の鐘である。

浅吉は簾をめくって艫に出ると、橋脚に巻きつけたもやい綱をほどき、舟を下流に向けてゆっくり押し出した。

南の空に白い雲の峰がわき立っている。

陽差しが強い。大川を往来する幾艘もの涼み船が、川面に照りつける陽差しを蹴散らして銀色の波をかき立てている。

元締めを乗せた屋根舟は、ほどなく両国橋西詰の船着場に着いた。

桟橋に編笠を目深にかぶった武士が立っている。中背で肩幅が広く、異常に足が短い。蟹のような体型をした武士である。

「お待たせいたしやした」

浅吉は一礼して舟を桟橋に着けると、素早く簾をめくり上げ、

「どうぞ」

と武士を舟の中にうながし、素早く簾を下ろして舟を漕ぎ出した。

屋根舟が桟橋を離れると、武士は胴のあいだに胡座し、おもむろに編笠をはずした。歳のころは四十二、三。眉が薄く、頬骨が張り、隙のない鋭い目付きをしている。

見るからに狷介な感じのこの武士は、四年前、鳥居耀蔵の手先として「蛮社の獄」で暗躍した、幕府小人目付の小笠原貢蔵であった。

元締めは菅の一文字笠をつけたまま、手をついて頭を下げた。

「おぬしも笠を取って、くつろいだらどうだ？」

小笠原が苦笑まじりにいう。

「これも闇稼業の流儀にございます。ご無礼の段、なにとぞご容赦のほどを」

「用心深いことだな」

「万一、手前の素性が露顕すれば、鳥居さまにご迷惑がかかりますので」

いいつつ、元締めは風呂敷包みを開いた。包みの中身は黒漆金蒔絵の提重箱である。箱の中には酒筒や酒杯、銘々皿なども組み込まれ、四段重ねの重箱には山海の珍味が盛られている。

「ほう、豪勢な弁当だな」

「たまには舟遊びなども一興かと――」

そういって、元締めは酒杯に酒を注ぎ、小笠原の前に差し出した。

「つい先日、花見の宴に酔いしれたかと思えば、もう舟遊びの季節か。時のうつろいは早いものだな」

酒杯を口に運びながら、小笠原がしみじみという。

「五日後には、両国の川開きですからねえ」

「花見の季節のあとは端午の節句、端午の節句が終われば、両国の川開きに花火の打ち初め、江戸は一年じゅう祭り騒ぎだ。後生楽なものよのう」

「公儀の苦労なんて、世間の連中はどこ吹く風でございますよ」

「元締め」

　小笠原の目がぎらりと光った。

「その苦労がまた一つ増えたぞ」

「仕事でございますか」

「ああ、この男だ」

　酒杯を床に置いて、小笠原はふところから折り畳んだ書状を取り出した。

　元締めは書状を受け取って、素早く目を走らせた。

「この男が蘭書の販売を？」

「ああ」

　小笠原は渋面を作った。

「蘭学は国を危うくする学問だ。その蘭学に手を貸す輩が江戸にはまだまだ伏在しておる。そやつらを一掃せぬかぎり、この国の安寧は図れぬ」

「御意にございます」

「これで請けてくれぬか」

元締めの膝元に五両の金子を積んだ。

「承知いたしました」

それから半刻（一時間）ほど、酒を酌み交わしながら談笑したあと、舟はふたたび舳先を上流に向けて、両国橋西詰の船着場にもどった。

飯田町の中坂通りに『金峰堂』という絵双紙屋がある。

主に赤本、黒本、黄表紙、合巻などの草双紙（小説）を出版する中堅の版元である。

主人の六右衛門は、文政十年（一八二七）ごろまで長崎で南蛮絵師をしていた変わり種で、大衆向けの草双紙出版を表看板に、ひそかに蘭書の訳本も手がけていた。

その六右衛門のもとに、明屋敷番伊賀者・内田弥太郎が高野長英の著作『戊戌夢物語』を出版しないか、と持ちかけてきたのは今年の春だった。

「ほう、発禁本の『夢物語』を――」

六右衛門は意外そうに弥太郎を見返した。

『戊戌夢物語』は、甲乙二人の夢中問答形式を借りて、英国船モリソン号に対する幕府の撃攘策（打ち払い令）の是非を説いた経世書である。

長英はその書の中でイギリスの国勢が盛んなことや、同国が日本に薪水補給基地を求めていること、加えて西欧諸国の対華貿易の実態や海外の情勢などを具体的なデータを挙げて説き、多くの知識人の支持を得たのだが、これが幕府の目に留まり、渡辺崋山の『慎機論』とともに「幕政批判の書」と指弾され、発禁処分となったのである。

それからすでに四年がたっていたが、内田弥太郎いわく、

「皮肉なことに、幕府が蘭学の取り締まりを強化すればするほど、高野先生の『夢物語』はますますその紙価を高め、復刻を望む声がふつふつとわき立っている」

のだそうである。話を聞き終えた六右衛門はためらいもなく、

「わかりました。お引き受けいたしましょう」

と快諾した。

六右衛門は長崎に在住していたころ、シーボルトが主宰する『鳴滝塾』で蘭学を修業していた高野長英と何度か会っている。そんな縁もあって内田弥太郎の

依頼を二つ返事で引き受けたのである。

さっそく六右衛門は『金峰堂』お抱えの彫り師に版木を彫らせ、幕府の取り締まりの目をくらますために、その版木を四つに分けて市中の四人の摺り師に摺らせた。

こうして復刻された『戊戌夢物語』は、幕府の厳しい出版規制にもかかわらず、闇のルートを通じて飛ぶように売れた。

後年、勝海舟は高野長英の著作についてこう語っている。

「(天保期は)ちょうど海防論の興りはじめたときであったから、(高野長英の著作は)大変に金が取れたし、それで日陰者でも不自由なく暮らすことができたようだ」

と――。

日陰者とは長英の妻子を指すのだろう。事実、『戊戌夢物語』の売り上げの一部は長英の妻・雪と娘・もとの生活費に充てられていたのである。

その夜、六右衛門は摺り師たちに賃金を払うために、四人の摺り師の家を一軒一軒たずね歩いていた。

摺り師の賃金は歩合制である。本が売れれば売れるほど摺り師のふところも潤うので、勢い仕事にも熱が入るし、秘密を守るために口も固くなる。おかげで六右衛門の〝裏商い〟も順調に業績を伸ばしていた。

三人の摺り師に賃金を払い終え、四人目の摺り師の家に向かおうとして俎橋を渡りかけたときである。

「ちょいと訊ねるが」

ふいに背後から声がかかった。

びっくりして振り返ると、俎橋のたもとの柳の木の下から、まるでわいて出たように人影がうっそりと歩み出てきた。

六右衛門は警戒するような目で人影を見た。

四十年配の小柄な男である。黒襟の格子縞の着流し姿、ふところ手で左右の広袖をトンビのようにひらひらさせている。

「金峰堂の六右衛門さんだね」

男は小さな目を光らせて誰何した。

「はい。手前に何か？」

「おめえさんに渡してえものがあるんだよ」

「渡したいもの？　何でしょうか？」

けげんそうに訊き返す六右衛門に、男がつかつかと歩み寄ってきて、いきなりふところから右手を抜いた。その瞬間、月明を反射て何かがきらりと光った。長さ五寸（約十五・二センチ）ほどの馬針である。

「そ、それは！」

六右衛門が目を剝いた。

男は『闇の殺し屋』寸鉄の卯三郎であった。

ちなみに馬針とは、馬の瀉血用の治療器具である。

馬は長距離を歩いたときなどに、脚が鬱血して腫れることがある。応急処置として藁束で摩擦して血を散らしたりするが、それでも治らない場合は、腫れた患部を馬針で突き破り、悪血を出して治療する。馬針は現代でも馬の瀉血に使われている。

「おめえさんに渡してえってものは――」

指先で馬針をくるくると廻しながら、卯三郎がじりっと詰め寄った。六右衛門の顔から血の気が引いた。二、三歩後ずさったところへ、

「引導さ」

いうなり六右衛門に体当たりを食らわせた。

「うっ」

六右衛門の顔が硬直した。両手をだらりと下げたまま棒立ちになっている。五寸の馬針が六右衛門の左胸に突き刺さり、心ノ臓をつらぬいたのである。

卯三郎は馬針を引き抜いて、ゆっくり体を離した。

硬直していた六右衛門の体が、まるで掛け金をはずされたぶら提灯のようにへなへなと弛緩し、音もなく地面に倒れ伏した。ほぼ即死だった。

だが、刺された胸からは一滴の血も出ていない。馬針が動脈をはずれて正確に心ノ臓を射貫いたためである。

卯三郎は六右衛門の死骸に冷やかな一瞥をくれると、ひらりと体を返して闇のかなたに走り去った。

鉛色の雲がどんよりと垂れ込め、いまにも雨が落ちてきそうな朝であった。

「叔母の家に行ってまいります」

といい置いて家を出て行く妻の光江を、式台の上から見送ると、内田弥太郎は踵をめぐらして居間にもどり、飲みかけの湯飲みを手に取った。

開け放たれた障子の向こうに、手入れの行き届いた庭が見える。朝露に濡れて艶やかに光る庭木の若葉に目をやりながら、弥太郎は物静かに茶を喫した。四谷御門外、伊賀町の明屋敷番伊賀者の組屋敷である。

弥太郎はこの組屋敷で妻の光江と二人で暮らしている。光江の両親はすでに他界しており、親戚は御持筒組頭・市古栄三郎のもとに嫁いでいる父方の叔母しかいなかった。その叔母が二日前に体調を崩して臥床したと聞き、光江は見舞いに行ったのである。

「さて」

と茶を飲み干して、出仕の身支度に取りかかろうとしたとき、弥太郎は庭の奥にかすかな物音を聞きつけ、けげんそうに振り返った。

塀際の植え込みの葉がかすかに揺れている。

「誰かいるのか?」

濡れ縁に立って、庭の奥に声をかけると、ガサッと音がして、

「あっしです」

低い声とともに、植え込みの陰から姿を現したのは半次郎だった。黒の半纏に黒のどんぶりがけ、薄鼠色の股引き、顔に頬かぶりをしている。弥太郎の妻・光

江が外出するのを見届けて裏路地から庭に忍び入ったのだ。

「半次郎か」

「朝早くから申しわけありやせん」

半次郎は庭前にひざまずいて頭を下げた。

「何かあったのか」

「『金峰堂』が殺されやした」

「なに！」

弥太郎の顔に驚愕が奔った。

「今朝方、今川小路の辻番が俎橋のたもとに倒れている『金峰堂』の死骸を見つけたそうで」

「斬られたのか」

「いえ、太い針のようなもんで心ノ臓を一突きにされていたそうです」

「そうか」

弥太郎は険しい目で虚空を見据えた。

薬種問屋『神崎屋』徳兵衛は頸の骨を折られて殺され、蘭方医者・坪井良庵は首筋に毒針を刺されて殺された。そして今度は『金峰堂』の六右衛門が心ノ臓を針のようなもので一突きにされて殺されたのである。それぞれ殺しの手口は異なるが、玄人の仕業であることは、もはや疑いの余地がなかった。

「公儀は『闇の殺し屋』を使って、蘭学に関わりのある者を消しにかかっているのだ」

怒りのために、弥太郎の声は極端に低くなっている。

「内田さまも身辺にはくれぐれもご用心を」

「念にはおよばぬ。わたしは公儀伊賀者だ。『闇の殺し屋』ごときにむざむざ殺されはせぬ。ところで半次郎」

「へい」

「ここへは舟できたのか?」

「へえ。四谷御門下の船着場に停めてきやした」

「そうか。神田まで乗せてもらえぬか」

「結構ですとも」

弥太郎は手早く身支度をととのえ、違い棚の上に置いてあった袱紗包みを持つと、半次郎をうながして家を出た。その袱紗包みの中には、昨夕、小伝馬町牢屋敷につとめる伊助という下男から受け取った高野長英の書簡と金子が入っていた。

二人は用心深く尾行の気配を探りながら、四谷御門下の船着場に足を向けた。

弥太郎を乗せた猪牙舟は、神田川を下り、市谷御門、牛込御門、小石川御門、水道橋を経由して、筋違橋御門の手前の船着場に着いた。

弥太郎はそこで舟を下りた。

向かった先は、神田雉子町である。

柿葺き屋根の小家が軒をつらねる路地の奥に、小さな平屋が建っている。高野長英の妻子の新しい住まいとして、弥太郎が探してきた借家である。

油断なく四辺を見廻し、人気のないのを見定めると、

「ごめん」

と声をかけて板戸を引き開けた。奥の障子が開いて、雪が姿を現した。

「内田さま、どうぞ、お上がりくださいまし」

「いえ、急ぐので、ここで失礼します」

弥太郎は上がり框に袱紗包みを置いた。

「高野先生からの書簡と今月分の仕送りです」

「わざわざお運びいただいて、申しわけございません」

「奥さま」

弥太郎は急に声を落とした。

「先生が出牢なされる日はかならずきます。望みを捨てずに頑張ってください」

「大赦が下されるのですか」

「いえ」

さらに声を落として、弥太郎は驚くべきことをいった。

「先生は破牢を企てておられます」

「…………」

驚きのあまり、雪は絶句した。破牢とは、すなわち脱獄のことである。

「先生のことですから、周到に準備をなさっていると思います。いつのことになるかわかりませんが、しかし先生が天日を拝する日はかならず、かならずきます。それまでどうかご健勝で」

そういって一礼すると、弥太郎は足早に出て行った。

――破牢。

上がり框に茫然と立ちつくしたまま、雪は胸のうちで何度もその言葉をつぶやいた。

高野長英が永牢（終身禁固）の刑を受けて投獄されてから、すでに四年の歳月がたっていた。その間、一縷の望みを託していた大赦（恩赦）の請願も却下され、絶望と悲嘆の日々を送っていた雪にとって、たとえ長英が「破牢」という大罪を犯そうとも、親子三人の再会が叶うのであれば、それを祈らずにはいられなかった。

――先生が天日を拝する日はかならずきます。

弥太郎の言葉どおり、翌年の天保十五年（一八四四）六月、高野長英は小伝馬町の牢屋敷に火を放って脱獄した。長英、四十歳のときである。

3

両国広小路の居酒屋の片隅で、万蔵は甚八という左官職人と酒を酌み交わしていた。

甚八は上野山下の秋元但馬守の中間部屋にほとんど毎晩のように出入りしている男で、万蔵とはすでに顔なじみであった。

その甚八から、例の大男についての情報を引き出すために、万蔵は偶然をよそおって近づき、居酒屋にさそったのである。酒と博奕に目のない甚八は、万蔵の奢りだと聞いて二つ返事でついてきた。しばらく酒の献酬がつづいたあと、

「ところで――」

と万蔵はさり気なく話題を変えた。

「賭場でよく見かける図体のでっかい男は、何者なんだい？」

「ああ、岩五郎のことかい」

「そう、そう、岩五郎といったな、あの男」

調子を合わせながら、万蔵は甚八の猪口に酒を注いだ。

「あいつは相撲取り崩れのやくざもんよ。若いころは雷五郎の四股名で序の口までいったそうだが、博奕に狂って破門になったそうだ」

「いまはどこに住んでるんだい？」

「さァな」

甚八は小首をかしげた。だいぶ酒が廻ったのだろう。鼻の頭が赤くなっている。

「家はわからねえが、情婦の店なら知ってるぜ」

「情婦？　女がいるのか」

「場末の酌女さ。いつだったか、岩五郎が博奕で大儲けしたとき、その女の店に連れてってもらったことがある。たった一度だがな」

「どこなんだい、その店は」

「浅草元鳥越の『銀猫』って居酒屋だ。女の名は、確かお国といったな」

「いい女なのかい？」

「とんでもねえ。ただのでぶ女さ」

　甚八は鼻でせせら笑った。

「だが、岩五郎にとっちゃ具合のいい肉布団かもしれねえ」

「ふーん」

「それはそうと――」

「ぐびりと猪口の酒をあおって、甚八は赤く濁った目を万蔵に向けた。

「おめえさん、このところ賭場に姿を見せねえが、博奕から足を洗ったのかい？」

「いや、賭場に通う銭金がねえだけよ。それより甚八っつあんのほうはどうなんだい」

「どうって？」

「こっちのほうよ」

壺を振る手真似をして見せた。

「あいかわらずさ。さっぱりツキが廻ってこねえ」

「ツキが廻ってくるまで、しばらく控えたほうがいいぜ」

「そうはいかねえ。ゆんべの負けを取り返さなくちゃな」

「今夜も行くつもりかい？」

「ああ、源さんも一緒にどうだい？」

「いや、おれはやめとく」

「そうかい。じゃ、ぼちぼち――」

と猪口に残った最後の一滴を口に流し込むと、甚八はふらりと立ち上がり、

「ゴチになったな」

ぺこりと頭を下げて出て行った。

それを見送ると、万蔵は卓の上に酒代を置いてそそくさと店を出た。

月も星もない暗夜である。湿気をふくんだ生温かい夜気がよどんでいる。

（ひと雨きそうだな）

分厚い雲におおわれた夜空を恨めしげに見上げながら、万蔵はふところから手

拭(ぬぐ)いを取り出して頭にかぶり、両国広小路の雑踏を足早に抜けて柳(やなぎ)橋を渡った。

柳橋を渡って、平右衛門(へいえもん)町の角を西に曲がり、二丁（約二百十八・二メートル）も行くと広い通りに出る。

奥州街道である。街道の両側につらなる町屋は浅草茅(かや)町である。この界隈は人形問屋が多く、三月には雛(ひな)人形市、五月には菖蒲(しょうぶ)人形市が開かれ、江戸の諸方から人が集まり大いににぎわう。

街道を北に向かってしばらく行くと、前方に橋が見えた。

鳥越(とりごえ)川に架かる鳥越橋（一名・天王(てんのう)橋）である。奇妙なことに、この川には橋が二つ架かっており、いずれも同じ鳥越橋の名がついている。

火災が起きたときや、橋の修築のときの備えとして、橋を二つ架けたいという地元の要請を受け、安永(あんえい)七年（一七七八）に二つの橋が並行して架けられたという。

橋を渡って北詰をすぐ左に曲がり、鳥越川に沿って西へ三丁（約三百二十七メートル）ばかり行くと、闇の奥におびただしい明かりが見えた。元鳥越町の盛り場の明かりである。

飲食を商う怪しげな小店がひしめくように立ち並び、千鳥足の嫖客(ひょうかく)たちが絶え間なく行き交っている。

居酒屋『銀猫』は、鳥越明神の小路の一角にあった。

間口四間（約七・三メートル）ほどの大きな店で、戸口に銀色の猫の張りぼてが置いてある。これが店の看板なのだろう。猫の胸にかけられた赤い前垂れに「千客万来」の文字が染め抜いてある。

万蔵は何食わぬ顔で店の前に歩み寄り、障子戸の隙間からちらりと中の様子をうかがった。店は混んでいた。男たちの哄笑や酌女の嬌声が渦を巻いている。

（野郎だ）

万蔵の目が一点に止まった。客たちの中に図抜けて体の大きな男がいた。男にしなだれかかって酒の相手をしているのは、これも並みはずれて肥った女である。

岩五郎と情婦のお国に違いなかった。

万蔵はそれを見定めて、さり気なく店の前を通り過ぎると、『銀猫』の先の路地角に担ぎ屋台を置いて商売をしているおでん屋の前で足を止めた。

「酒を一杯もらおうか」

「へい」

初老の親爺が貧乏徳利の酒を二合升に注いで差し出した。

それをちびりちびりとやりながら、万蔵は『銀猫』の人の出入りに神気を傾けた。

二合の升酒を呑み干したときである。頰かぶりの下の万蔵の目がきらりと光った。お国に送り出されて、岩五郎がよろよろと店を出てきたのだ。

「あと半刻ほどで店が仕舞いになるから、家で待っておくれな」

岩五郎の巨体にしなだれかかり、鼻にかかった甘ったるい声でお国がいった。

その声が五、六間（約九・一～十・九メートル）離れた路地角の万蔵の耳にも聞こえた。

「じゃあな」

と手を振り、岩五郎は巨体を揺すりながら歩き出した。

万蔵はおでん屋の親爺に酒代を渡すと、頰かぶりの前をぐいと引き下ろして岩五郎のあとを跟けはじめた。やや前傾の姿勢で、小路の端を歩いて行く。岩五郎に悟られぬように距離も十分にとった。

（先夜の轍は絶対に踏まねえ）

という気概が全身にみなぎっている。

小路の雑踏を抜けて、寿松院の門前町に出た。

道の右には町家が立ち並び、左側には武家屋敷の塀がつづいている。岩五郎はその道を東に向かってゆっくり歩いて行く。このまま行けば、やがて新堀川にぶつかり、さらにそのまま真っ直ぐ行けば御蔵前に出る。

東に向かうにつれて、しだいに人通りも町家の明かりも少なくなり、いつしか道を歩いているのは岩五郎と万蔵の二人だけになった。

（まずい）

万蔵は歩度をゆるめて、さらに岩五郎との距離をとった。一丁半（約百六十三・六メートル）ほど離れただろうか。岩五郎の巨体が闇の奥に小さく見える。

と、ふいにポツリポツリと大粒の雨が落ちてきた。この雨はしかし、万蔵にとっては願ってもない天恵だった。雨音が尾行の足音を消してくれるからである。

時を置かず、雨は本降りになった。

岩五郎があわてて足を速めた。それを追って万蔵も走った。篠つくような雨が万蔵の足音をかき消してくれる。

両者の距離が半丁（約五十メートル）ほどに迫ったとき、突然、万蔵の視界から岩五郎の姿が消えた。新堀川に架かる書替橋の手前を左に曲がったのである。

万蔵は雨すだれを引き裂くようにして走った。書替橋の西詰の武家屋敷の築地塀(ついじべい)を左に曲がり、新堀川西岸の道に出たところで、万蔵は、

(あっ)

と息を呑んで立ちすくんだ。そこに見たのは岩五郎の巨体ではなく、全身ずぶ濡れで立ちはだかっている二人の浪人者だった。

「かかったな、どぶ鼠(ねずみ)め」

一人が薄笑いを浮かべた。幽鬼(ゆうき)のように凄愴(せいそう)な面相の浪人者である。その一言で、万蔵は瞬時に事態を理解した。これは周到に仕掛けられた罠(わな)だったのだ。

「死ね!」

胴間声(どうまごえ)とともに、二本の白刃(はくじん)がうなりを上げて飛んできた。切っ先をぎりぎりでかわすと、万蔵は身をひるがえして奔馳(ほんち)した。が、すぐにその足が止まった。

いつの間にか背後にも、抜刀した二人の浪人が立ちはだかっていた。

万蔵はとっさにふところの匕首を引き抜き、半身に構えた。右に二人、左に二人、背後は武家屋敷の築地塀、正面は新堀川。逃げ場のない絶体絶命の死地である。

雨音が強まった。

土砂降りに近い雨である。どこかで雷鳴が轟(とどろ)き、青白い稲妻(いなずま)が奔った。

左右から四人の浪人がじりじりと間合いを詰めてくる。

稲妻の青白い光を受けて、二本の刃がきらめいた。

左右から一人ずつ、ほぼ同時の挟撃(きょうげき)だった。その瞬間、万蔵は化鳥(けちょう)のように両手を広げて高々と跳躍(ちょうやく)し、新堀川の川っぷちに跳んだ。かろうじて挟撃をかわしたかに見えたが、別の一人が万蔵の動きを読んでいた。着地と同時に、

しゃっ。

雨すだれを切って、逆袈裟(ぎゃくけさ)の一刀が飛んできた。さすがにこれはかわし切れなかった。ガツッと鈍い音がして、万蔵の体がぐらりと揺らいだ。

浪人者はすぐさま剣尖(けんせん)を返して、上段から一気に斬り下ろした。

万蔵は横に跳んでかわしたが、濡れた地面に足を取られ、上体を大きく泳がせながら新堀川に転落していった。ドボンと水音が立つ。

四人の浪人者が川っぷちに走った。

叩きつけるような雨が、川面にさざ波を立てている。万蔵の姿が消えていた。

「おらんぞ！」

「川底に沈んだか」

「流されたのかもしれんな」

「下流を探してみるか」

「いや、この雨と闇では見つかるまい」

いいながら、一人が背を返した。

「手応えは十分にあった。仕留めたと見て間違いなかろう」

万蔵に逆袈裟の一太刀を浴びせた浪人者がいった。

雨脚がますます強くなった。

「よし、引き揚げるか」

四人は刀を鞘に納めると、背をかがめて一目散に闇のかなたに走り去った。

それからおよそ四半刻（約三十分）後――。

新堀川下流の天文橋の下に、何やら白い物がぽっかりと浮かび上がった。

頰かぶりをした万蔵である。橋脚にしがみつき、首だけをぬっと突き出して四辺の闇を用心深く見廻している。

先刻より雨はやや小降りになっていた。雷鳴もやんで、あたりはひっそりと静まり返っている。聞こえるのは川面を叩く雨音だけである。

周辺に人の気配がないのを見定めると、万蔵は護岸用の杭をよじのぼって、川沿いの道に這い上がった。

びしょ濡れの着物が右脇腹から左肩口にかけて大きく裂けている。その裂け目の下に網目模様が見えた。万一に備えて着物の下に着けてきた鎖帷子(くさりかたびら)（防刃衣(ぼうじんぎ)）である。

（あぶねえ、あぶねえ）

万蔵は裂けた着物を手で押さえ、降りしきる雨の中を足早に去って行った。

4

昨夜の烈しい雷雨が嘘のように、この日は朝から雲一つない快晴だった。

居間で茶を飲みながら、仙波直次郎は雨上がりの庭をぼんやりながめていた。

雨に濡れた紫陽花(あじさい)の花が、朝陽(あさひ)を浴びて色鮮やかに耀(かがや)いている。

「もう一杯、お茶を淹(い)れましょうか」

妻の菊乃が急須(きゅうす)を持って入ってきた。

「ああ」

「ゆうべは、ひどい吹き降りでしたねえ」

直次郎の湯飲みに、茶を注ぎながら菊乃がいった。

「そろそろ梅雨入りの季節だな」

「今年は暑くなりそうですね」

「うむ」

うなずきながら湯飲みを茶盆にもどして、直次郎は気づかわしげな目で菊乃を見た。

「ところで、体の具合はどうなんだ？」

「『浄心散』のおかげで、このところだいぶ調子がいいようです」

菊乃は屈託なく微笑った。いつになく顔の色艶もよい。

「そうか。それはよかった」

「お薬代、大変なんでしょう？」

「気にするな。おまえの体が第一だ。金には代えられんさ」

「本当に、あなたには迷惑ばかりかけてしまって——」

「よせよ。そんな他人行儀は」

菊乃の肩をポンと叩いて、直次郎は立ち上がった。

「さて、そろそろ出かけるか」

「お羽織をお持ちします」

と菊乃も腰を上げ、隣室の衣桁(いこう)から絽(ろ)の黒羽織を持ってきて、直次郎に着せた。

「では、行ってくる」

刀掛けの両刀を取って腰に差すと、直次郎は玄関に向かった。

昨夜の大雨で、道のあちこちに水たまりができていた。それを避けながら八丁堀の路地を抜けて、京橋川沿いの広い道に出た。

京橋川は江戸城の内濠(うちぼり)から東に流れ、八丁堀の南を通って鉄砲洲(てっぽうず)の海にそそぎ込む掘割である。昨夜の雨で川の水が濁り、ふだんより水嵩(みずかさ)も増していた。

川沿いの道を西に向かって行くと、京橋川と楓川が交わる地点に橋が架かっている。弾正(だんじょう)橋である。その橋を渡ったところで、直次郎はふと足を止めて背後を振り返った。

菅笠を目深(まぶか)にかぶった男が、こちらに向かって小走りにやってくる。

直次郎は素知らぬ顔でふたたび歩き出した。

背後にひたひたと足音がひびき、菅笠の男がぴたりと横についたが、直次郎は一顧(いっこ)だにしなかった。男が万蔵であることはわかっていた。

「何かあったのか」

正面を向いたまま、直次郎が低く訊いた。

「へい。じつは――」

といいさすのへ、

「あの路地の奥に稲荷社がある。話はそこでゆっくり聞こう」

あごをしゃくって、直次郎は柳町の路地に足を向けた。二つ目の角を左に曲がったところに雑木の疎林があり、その奥に朽ち果てた祠があった。

直次郎は祠の裏手に廻って足を止め、ゆっくり振り返った。

「煙草、持ってるか」

「へい」

万蔵が腰につけていた煙草入れを差し出すと、直次郎はその中から煙管を取り出し、きざみ煙草を詰めて火打ち石で火をつけた。木洩れ陽に細い紫煙が立ちのぼる。

直次郎はうまそうに煙草を吸いながら、祠の基壇に腰を下ろした。

「『神崎屋』殺しの下手人を突き止めたんで」

万蔵がぼそりといった。

「何者なんだ？　そいつは」

「相撲取り崩れの岩五郎って野郎です」

「なるほどな」

得心がいったように、直次郎は深くうなずいた。相撲取り崩れなら、人の頸の骨をへし折ることぐらいは造作もないだろう。

「それで？」

「お恥ずかしい話なんですがね」

直次郎に背を向けたまま、万蔵はこれまでのいきさつを訥々と語った。

「二度の失敗は許されねえと、半の字から釘を刺されていたんですがねえ。情けねえことに、その二度目のドジを踏んじまったってわけで」

万蔵の声には、自嘲と悔恨のひびきが籠もっている。

「四人の浪人者に襲われたか――」

煙管をくゆらせながら、直次郎が険しい表情でつぶやいた。

「あれはあっしをおびき出すための罠だったんで。なんでもっと早くそのことに気がつかなかったのか。うかつでござんしたよ」

「落ち込むことはねえさ」

恬淡とそういうと、直次郎は煙管の火をポンと叩き落とし、ゆったりと腰を上げた。

「おめえのドジというより、相手が一枚上手だったんだ」

「旦那――」

万蔵は背を返して、菅笠の下から長身の直次郎をすくい上げるように見た。

「あっしにも意地と面子がありやすからねえ。いまの話は半の字には内緒にしておいてもらいてえんで」

「念にはおよばねえさ」

「もう一つ、旦那にお願いがあるんですがね」

「何だ？」

「岩五郎を殺ってもらいてえんです」

「元締めを通さずにか？」

「野郎をこのまま放っとくわけにはいきやせんからね。できれば、あっしがこの手で始末してえんですが、面が割れてるんで近づくことができやせん。それで――」

「おれにその仕事を？」

「へい。これはあっし個人の頼みなんで、仕事料はあっしが払いやす」

「うむ」

腕組みをして数瞬考えたあと、直次郎がいった。

「仲間内で仕事のやりとりをするのは掟破りだが、おめえのいうとおり、このまま一味を放っとくわけにはいかねえ。万蔵、その仕事引き受けようじゃねえか」

「ありがとうござんす。では仕事料を」

万蔵がふところに手を入れようとすると、直次郎はかぶりを振って、

「金は要らねえよ」

とあっさり断った。

「そうはいきやせん。仲間内で恩の貸し借りをするのも掟に反しやす。いくらかなりとも受け取ってもらえねえと、けじめがつきやせんので」

「もう仕事料は受け取ったさ」

「え？」

「これよ」

と直次郎は煙草入れを万蔵に返し、

「花は霧島、煙草は国分ってな、うまかったぜ、いまの一服は」

といってにやりと笑い、飄然と立ち去って行った。

第五章　脅迫

1

仙波直次郎は、八丁堀の組屋敷の自室で、退屈そうに書類を繰っていた。

静かな夜である。寂として物音ひとつしない。

文机のわきで、行燈の灯がじりじりと音を立てて揺らいでいる。

押し寄せてくる睡魔と闘いながら、直次郎はひたすら時の過ぎるのを待っていた。万蔵から引き受けた仕事を今夜決行するために、

「調べものがあるので夜鍋をするつもりだ。おまえは先に寝んでいなさい」

と妻の菊乃にいい置いて自室に引き籠もってから、一刻（二時間）がたってい

た。菊乃はもうとっくに寝床についている。

いつしか直次郎は壁にもたれてうつらうつらと舟を漕ぎ出していた。

そのとき、ふいに、

——ゴォーン、ゴォーン。

日本橋石町の時の鐘が四ツ（午後十時）を告げはじめた。

直次郎はハッと我に返り、行燈の火を吹き消して部屋を出た。

廊下の柱に掛けられた網雪洞が淡い明かりを散らしている。その明かりを頼りに、足音を忍ばせて奥の寝間に向かい、そっと襖を引き開けて中の様子をうかがった。

布団の中で、菊乃がかすかな寝息を立てている。

それを確かめると、直次郎はふたたび襖を閉めて居間に向かい、刀掛けの両刀を手に取ってそろりと家を出た。羽織はつけず白衣（普段着）の着流しである。

木戸門を出て、直次郎はふっと夜空を仰ぎ見た。

明日はもう晦日である。月はなく、満天の星明かりが路面を青白く染めている。

八丁堀から江戸橋、大伝馬町を経由して、両国広小路に出た。

四ツを過ぎたというのに、人の流れも街の明かりも一向におとろえる気配を見せない。江戸最大の盛り場・両国広小路は、まさに眠りを知らない不夜城なのだ。

直次郎は雑踏を縫って、柳橋に足を向けた。

岩五郎は、情婦・お国の家にいると、直次郎は踏んでいた。すでにお国の住まいもわかっていた。この日の昼下がり、直次郎は米山兵右衛の留守を見計らって、隣の例繰方部屋に忍び込み、人別（戸籍）台帳からお国の住まいを探し当てたのである。

それによると、お国は武蔵多摩郡日野村の百姓の四女で、歳は二十三、身請け人は居酒屋『銀猫』のあるじ・安兵衛とあり、住まいは浅草阿部川町、糸屋『立花屋』方借家と記されていた。

阿部川町は、浅草東本願寺の南、新堀川の西側に位置する町屋である。お国がつとめる元鳥越の『銀猫』からは、歩いて四半刻（約三十分）とかからない距離だ。

東本願寺に近いせいか、この町には仏具屋や線香屋、筆墨屋、土産物屋などの小店が軒をつらねている。大半の店はもう戸を閉ざしてひっそり寝静まっていた。

お国の借家は、新堀川に架かる輿屋橋の西詰の路地を入って半丁（約五十メートル）ほど行ったところにあった。家主の『立花屋』のちょうど真裏なので、場所はすぐにわかった。

板塀をめぐらした敷地三十坪ほどの小さな平屋である。

人別台帳によると、以前は『立花屋』の隠居屋敷として使われていたらしく、板塀越しに枝ぶりのよい松の木が見える。

直次郎は板塀沿いに裏手に廻り、そっと木戸を押して庭に足を踏み入れた。

家の北側の障子窓にほんのりと明かりが映っている。

どうやらそこが寝間のようだ。直次郎は足音を消して窓のそばに歩み寄った。

障子が一枚開け放たれており、中からあられもない女のよがり声が聞こえてくる。

直次郎は窓の横から部屋の中をのぞき込んだ。

斜めからの視界なので、部屋の中のすべてが見渡せるわけではなかったが、行燈のほの暗い明かりの中に、男と女の裸身の一部が見えた。

異様ともいえる光景だった。汗に濡れてぬめぬめと光る二つの巨大な肉のかたまりが、激しく波打ちながらからみ合っている。上に乗っている巨漢は岩五郎、その下でけたたましく喜悦の声を上げているのは、これもでっぷりと肥った女・お国である。

ふいに岩五郎がむっくりと体を起こした。突き出た腹の下に怒張した一物が見える。

（おおっ）

思わず直次郎は瞠目した。驚くべき巨根である。まるですりこぎ棒だった。

岩五郎は、仰臥しているお国の体を軽々と抱え起こして四つん這いにさせると、臼のように大きなお国の尻を両手でつかんで、怒張した一物をうしろから突き差した。

「あーッ」

悲鳴のような声を発して、お国が尻を振った。振るたびに尻の肉がぶるんぶるんと音を立てて揺れ、汗しぶきがはじけ飛ぶ。すりこぎ棒のような岩五郎の巨根が、凄まじい勢いで出し入れをくり返す。

圧巻だった。男女の媾合というより、さながら臼と杵のせめぎ合いだった。

「うおーッ」

雄叫(おたけ)びを上げて、岩五郎は上体をのけぞらせた。背中の肉がさざ波を打っている。

「は、果てる！」

うめくなり、岩五郎は腰を引いて仰向(あおむ)けに布団の上に転がった。同時に垂直に屹立(きつりつ)した巨根の先からおびただしい淫液(いんえき)が放出され、白い泡沫(ほうまつ)となって、あたり一面に飛散した。お国は布団(ふとん)に俯(うつぶ)せになったまま、ぐったりと弛緩(しかん)している。

やがて岩五郎は肩で荒い息をつきながら、のっそり立ち上がった。瘤(こぶ)のように盛り上がった肩、剛毛が密生した分厚い胸、一抱えもありそうな太鼓(たいこ)腹、そして股間にぶら下がった巨根、何もかもが人外(じんがい)の化生(けしょう)を思わせる巨大さだった。

体に噴き出した汗を手拭(てぬぐ)いで拭(ふ)き取ると、岩五郎は脱ぎ散らかした着物を手に取った。

「——もう帰るのかえ？」

体を伏せたまま、お国が物憂(ものう)げに訊(き)いた。

「これ以上、精気を吸い取られたら、干(ひ)からびて即身仏(そくしんぶつ)になっちまうからな」

岩五郎は苦笑しながら、手早く着物を身につけた。

「冷たいねえ。おまえさんだけいい思いをしてさ」

「おれだけだと？　冗談いっちゃいけねえや。おれが三べんいくうちに、おめえはその倍以上も昇天してるんだぜ」

「二日ぶりなんだからさ。つれないことをいわずに、もっと可愛がっておくれな」

「おれがその気になっても、せがれがいうことをきかねえ。今夜はこれでお開きだ。またくるぜ」

そっけなくいって、岩五郎は寝間を出ていった。そのやりとりを聞き届けると、直次郎は音もなく窓から離れ、木戸口のほうへとって返した。そして木戸口から横路地に出て、板塀づたいに表に廻り込んだ。

ちょうどそのとき、岩五郎が引き戸を開けて出てきた。三度も精を放ったせいか、さすがに足元がおぼつかない。小山のような巨体を左右に揺らしながら、よろよろと歩を踏み出す岩五郎のあとを、直次郎は足音を消してゆっくり跟けはじめた。

阿部川町の路地を抜けて、新堀川の河岸道に出た。

四辺に人影がないのを確かめると、直次郎は足を速めて岩五郎の背後に迫った。

気配に気づいて、岩五郎が不審そうに振り返ると、ふところ手の直次郎が、

〽花は霧島　煙草は国分
　燃えて上がるは　おはらはー　桜島(さくらじま)
　　はあ　よいよい　よいこらさっと

鼻唄まじりに千鳥足で近づいてきた。むろん、これは岩五郎を油断させるための芝居(しばい)である。果たせるかな、

「ご機嫌(きげん)ですねえ、お侍さん」

岩五郎が気やすく声をかけてきた。怪しむ様子はまったくない。

大名屋敷や旗本屋敷が密集するこの界隈(かいわい)で、武士の姿を見かけるのはめずらしいことではないし、夜ともなると無羽織、着流し姿で屋敷を抜け出し、元鳥越や両国の盛り場にくり出す侍がざらにいるからである。

「ん？」

と直次郎は足を止めて、まじまじと岩五郎を見やり、

「も、もしや、おめえは雷五郎じゃ」

大袈裟(おおげさ)に驚いてみせた。

「へえ、お侍さん、あっしのことをご存じでしたか」

岩五郎の顔がほころんだ。

「ああ、知ってるとも。だいぶ昔の話だが、回向院の勧進相撲でおまえさんの相撲を見たことがある。確かあのときは序の口だったが――」

これは万蔵から聞いた話である。直次郎はあらためて岩五郎の顔を見上げ、念を押すように訊いた。

「おまえさん、本当にあの雷五郎なんだろうな」

「へい。いまは岩五郎を名乗っておりやす」

「そうかい。じゃ間違いねえだろう」

とふところから手を抜いた瞬間、岩五郎は反射的に跳びすさった。野獣の本能が殺気を看取したのである。恐るべき勘働きだった。

「て、てめえは『殺し人』か！」

岩五郎の形相が一変した。

「さすがだな、岩五郎」

不敵な笑みを浮かべながら、直次郎は刀の柄に手をかけた。

「殺し屋稼業は、江戸に二つは要らねえんだ。死んでもらうぜ」

「ちくしょう！」

わめくなり、岩五郎は背を返して左の空き地に走った。直次郎もすかさず翻身してあとを追った。次の瞬間、信じられぬ光景が直次郎の目に飛び込んできた。

岩五郎がふいに足を止めて、空き地の奥の立木を引き抜いたのである。直径およそ五寸（約十五・二センチ）、高さ七尺（約二・一メートル）はあろうかという楓の若木である。それを根こそぎ引き抜くや、高々と頭上にかざし、風車のようにぶんぶん振り廻しながら直次郎に向かって突進してきたのだ。

（なるほど、こいつは正真、化け物だ）

万蔵から話は聞いていたが、目の前でその恐るべき怪力を見せつけられて、さすがの直次郎も肝を飛ばした。葉を茂らせた楓の生木が凄まじい勢いで回転し、うなりを上げて迫ってくる。まるで竜巻だった。

踏み込む隙がない。直次郎は右に左にかわしながら、後ずさった。

竜巻の襲来は一瞬もやまなかった。千切れた葉や小枝、根についた土塊、小石などが礫のように直次郎の顔面に飛んでくる。

右に回転する生木を避けるために、左に廻り込もうとした瞬間、直次郎の体が大きく左に傾いた。空き地に捨てられた古樽に蹴つまずいたのである。

体勢を崩して直次郎は横転した。その刹那、

「うおーッ」

異様な叫びを上げながら、岩五郎は楓の生木を上段に振りかぶり、倒れている直次郎目がけて凄い勢いで振り下ろした。

ズシンと地面が揺れた。避けるすべもないほどの勢いであり、速さだった。直次郎のかたわらに転がっていた古樽が粉々に砕け散った。その古樽もろともに、直次郎の体も微塵に砕け散ったかに見えたが、次の瞬間、

「ぐえッ」

と奇声を発してのけぞったのは、意外にも岩五郎だった。

間一髪、直次郎は地面を一回転して生木の襲撃を避け、同時に脇差を引き抜いて、岩五郎に投げつけたのである。脇差は見事に岩五郎の脾腹をつらぬいていた。まともな人間ならここで勝負は決していたはずである。だが、相手は常人ではなかった。人外の化生である。怯む気配も見せず、逆に、

「や、やりやがったな！」

とわめきながら、腹に刺さった脇差を引き抜いて投げ返してきた。脇差は夜気を引き裂いて、直次郎に向かって一直線に飛んできた。それを横っ跳びにかわすと、直次郎は背をかがめて猛然と疾駆した。そして岩五郎のかたわらをすり抜け

ると同時に、

しゃっ！

抜きつけの一刀を放っていた。神速の逆袈裟である。切っ先は岩五郎の分厚い胸を左下から斜めに斬り裂き、首の頸動脈を断ち切っていた。竜吐水のようにおびただしい血を噴き出しながら、岩五郎の巨体は地響きを立てて倒れ伏した。

ふうっ。

肩で大きく息をつきながら大刀の血ぶりをすると、直次郎は地面に突き刺さった脇差を引き抜き、二刀を鞘に納めて足早に立ち去った。

2

（これで一人消えた）

柳橋を渡りながら、仙波直次郎は肚の底でつぶやいていた。姿の見えなかった「闇の殺し屋」一味の一人をようやく仕留めたのである。

だが、これで決着がついたわけではなかった。万蔵の勘を信じるなら、「闇の殺し屋」一味は少なくともまだ三人はいるはずである。その三人と、一味を束ねる元締めを始末しないかぎり、殺しの連鎖を断ち切ることはできない。

むしろ、これからが戦いのはじまりだと直次郎は思った。

柳橋を渡って、ふたたび両国広小路の雑踏に足を踏み入れたとき、直次郎の目がふと人込みの一点に止まった。赤い前垂れをかけた女が、大きな台箱を背中に担いで織りなす人波を縫うようにして、せかせかと歩いている。小夜だった。

直次郎は足を速めて小夜の背後へ歩み寄り、

「よう」

と声をかけた。小夜がびっくりしたように振り返った。

「あら、旦那」

「仕事、休んでたんじゃねえのか」

「今夜は特別の仕事」

「特別？」

「ねえ、旦那、そのへんで一杯やりませんか」

「ああ、ちょうどおれも一杯ひっかけて帰ろうかと思ってたところだ。あの路地の奥に小粋な料理屋がある。行こう」

と小夜をうながして、米沢町一丁目の路地に足を向けた。

小さな飲食店がひしめくように立ち並ぶ呑み屋横丁である。路地の奥の左手に『美その』の軒行燈を灯した間口二間（約三・六メートル）ほどの小料理屋があった。白壁に黒の格子戸をあしらった、見るからに粋なたたずまいの店である。

二人はその店に入った。

土間に欅造りの卓が三つ並び、手前の卓で商家の旦那ふうの男が若い芸者二人を連れて呑んでいた。客はその三人だけである。直次郎と小夜は、応対に出た女将に酒と刺し身の盛り合わせを注文して、腰屛風で仕切られた奥の小座敷に上がった。

「特別の仕事って、何なんだ？」

運ばれてきた酒を小夜の猪口に注ぎながら、直次郎が訊いた。

「例の仇討ちの件ですよ」

「手がかりが見つかったのか？」

「本庄辰輔に女がいたんです」

「女？」

「その話は旦那も知ってるでしょ？　清一郎さまがあたしの家を訪ねてきたとき、隣の部屋で聞いていたんだから」

「ああ、思い出した。確か薬研堀の『布袋屋』って居酒屋の酌女だったな」

「お幾って女ですけどね、四、五年前に店を辞めてるんですよ」

だが、その後のお幾の消息は皆目わからなかった。

そこで小夜は、髪結い仲間にツテを頼んで、お幾と一緒に働いていた女を紹介してもらい、お幾の消息を聞き出そうとしたのである。

女の名は、おしげ。気性のさっぱりした姐御肌の女で、

「ちょうどよかったわ。腕のいい髪結いさんを探していたところなのよ」

とすぐに小夜を受け入れてくれたという。そのおしげの家に髪を結いに行っての帰りに直次郎に呼び止められたのである。

「で、お幾って女の消息はわかったのか？」

「それが――」

小夜は沈痛な表情でうつむいた。

「半月ほど前に大川に身投げして死んだそうです」

「身投げした！」

直次郎の声が上ずった。

「おしげさんの話によると、商売も順調にいっていたし、悩みごとがあったよう

にも見えなかったし、身投げする理由がさっぱりわからないって」

「つまり、消されたってわけか」

「下手人は本庄辰輔に違いないわ」

ほとんど断定だった。

「自分の正体がバレるのを恐れて殺したんですよ」

直次郎は猪口の酒をぐびりと呑み込んで、

「ま、そんな筋書きだろうな」

「でも、お天道さまは何もかもお見通しだった」

小夜はつぶやくようにいった。

「お天道さま？　そりゃいってえどういうことだい？」

「何日か前に下谷広小路で、おしげさんが偶然本庄辰輔らしい男を見かけたそうです」

「らしい男を？」

「身なりも顔つきも四、五年前とはすっかり変わっていたけど、間違いなく『布袋屋』に出入りしていた本庄辰輔だって。おしげさん、そういってたわ」

「で、何者なんだい？　そのらしい男ってのは」

「『多賀屋』って献残屋のあるじ」

「ええッ」

直次郎は目を剝いた。

「まさか、あの茂平次が！」

「旦那、知ってるの？」

小夜がけげんそうに問い返した。

「知ってるも何も、例の象牙の根付をくれた——」

いいさして、わきに置いた大刀を手に取った瞬間、直次郎は「あれ？」という顔で刀の下げ緒を見た。象牙の根付が消えている。

「いけねえ。どこかで落としちまったのかもしれねえ」

「旦那には分不相応だったんですよ」

小夜が皮肉っぽく笑った。

惜しいことをしちまった、と頭をかきながら直次郎は真顔になって、

「あの根付をくれた商人ってのが、じつは『多賀屋』の茂平次だったんだ」

「へえ、妙な因縁ですねえ」

「献残屋ってのは本庄辰輔の隠れ蓑だったか」

直次郎が口の中でぼそりとつぶやいた。

「隠れ蓑？」

「蘭学者の動きを探るためのな」

岡っ引の丑松も、もともとは鳥居家の中間だった。五、六年前に鳥居家を立ち退き、十手者に身をやつして高野長英の妻・雪の身辺を探っていたのである。

半次郎の話によると、丑松が鳥居家を辞めたころ、ほぼ時を同じくして四、五人の家来が致仕しているという。その一人が本庄辰輔、すなわち『多賀屋』茂平次だったとすれば丑松同様、献残屋を隠れ蓑にして、反幕派の蘭学者やその協力者たちの動きを探っていた可能性がある。

「旦那」

呑みかけの猪口を膳にもどして、小夜は険しい目を直次郎に向けた。

「谷沢菊右衛門って御家人のこと憶えてるでしょ？」

「ああ」

「本庄辰輔、いえ『多賀屋』茂平次が殺し屋を使って谷沢菊右衛門を消したとすれば、茂平次は『闇の殺し屋』一味とも通じていたってことになるわ」

直次郎はうなずいた。そして、

「じつはな、小夜——」

と急に声をひそめていった。

「その殺し屋一味を、たったいま始末してきたところなんだ」

「え？」

「相撲取り崩れの岩五郎って男よ。谷沢殺しも『神崎屋』徳兵衛殺しも、そいつの仕業だったのさ」

「その仕事、半次郎さんから頼まれたの？」

「いや、おれの独断だ。このまま一味を野放しにしておいたら、おれたちの稼業も危なくなるからな。——それより小夜」

直次郎は膝を乗り出して、さらに声を落とした。

「いまの話、しばらく熊倉清一郎には内緒にしといたほうがいい」

「内緒？　なぜ」

「茂平次には鳥居甲斐守という大物がうしろ楯についてるんだぜ。ましてや『闇の殺し屋』とも通じてるとなると、一筋縄じゃいかねえ相手だ。うっかり手を出したら返り討ちにあうのが関の山だ」

「でも、せっかく仇を見つけたのに——」

「とにかく、茂平次と『闇の殺し屋』との関わりを探るのが先決だ。熊倉の仇討ちはそれからでも遅くはねえだろう」

小夜はこくりとうなずいた。熊倉清一郎を危険な目にあわせたくないという点では、小夜も同じ思いなのである。

「ところで」

と気を取り直すように、小夜が、

「半次郎さんはどうしてるのかしら？　このところ何の音沙汰もないけど」

いいながら、直次郎の猪口に酒を注いだ。

「今夜の一件、元締めの耳にも入れておかなきゃならねえからな。明日の夕方にでもたずねてみるさ。一緒に行くかい？」

「ううん。明日は晦日だし、掛け取りがあるから遠慮しておくわ」

「へえ、髪結いにも掛け取りがあるのか」

直次郎は意外そうにつぶやいた。

天保十四年（一八四三）の五月晦日は、新暦（グレゴリオ暦）の六月二十七日に当たる。

例年ならもうとっくに梅雨入りしているころなのだが、四日前に激しい雷雨が降ったきり、このところ一滴の雨も降っていない。

どうやら今年は空梅雨になりそうな気配である。

この日も朝から灼きつくような陽差しが照りつけ、乾いた路面から白茶けた土埃が舞い上がり、霞のように江戸の町々を包み込んでいる。うだるような暑さにもかかわらず、下谷広小路はあいかわらずの人出であった。

その人混みの中を、肩をいからせて足早に歩いてゆく浅吉の姿があった。広小路の雑踏を南に向かって突き進み、新黒門町に向かっている。

新黒門町は御成街道をはさんで東西二つに分かれており、東側の一角に濃紺の大暖簾を下げた大きな店があった。献残屋『多賀屋』である。

浅吉は脇路地から『多賀屋』の裏に廻り、人目をはばかるように勝手口から中に入って行った。台所の土間では女中や賄婦たちが忙しそうに立ち働いていたが、浅吉は目もくれずに土間から板間に上がり込み、ずかずかと足を踏み鳴らして奥の座敷に向かった。

「旦那」

と声をかけると、「浅吉か、入んな」と嗄れた声が返ってきた。

浅吉は襖を静かに引き開けて部屋に入った。部屋の奥で身なりのよい初老の男が帳付けをしている。『多賀屋』のあるじ・茂平次である。

「何かあったのか」

帳面に目を落としたまま、茂平次が訊いた。

「ゆんべ岩五郎が殺されやしたよ」

「そうか」

別に驚くふうもなく、茂平次は静かに筆を置いて向き直った。

「あの男は隙が多すぎる。いずれそんなことになるだろうとは思っていたが――」

いいさした茂平次の口から、深い溜め息が洩れた。

「それにしても、あの大男を手にかけるとは、敵ながらあっぱれな腕だな」

「町方役人の話によると、左脇腹をひと突きにされたあげく、逆袈裟にざっくり斬られていたそうで」

「得物は刀か」

「へい」

「丑松殺しと同じ下手人だな」

「ひょっとしたら、旗本かもしれやせんぜ」

「旗本？」

じろりと見返した。

「殺しの現場にこんな物が落ちておりやした」

そういって、浅吉はふところから何かを取り出し、畳の上にころりと投げ出した。

獅子の頭をかたどった象牙の根付である。

「その根付は……！」

茂平次は息を呑んだ。

「素浪人や貧乏御家人が身につけるような代物じゃありやせんぜ、これは」

「八丁堀だ」

言下に茂平次がいった。

「へ？」

浅吉はきょとんとなった。

「その根付は、仙波直次郎って南の同心におれがくれてやったのよ」

「す、すると！」

今度は浅吉が驚く番だった。

「その仙波って同心が『闇の殺し人』ってわけですかい！」

「まさかとは思うがな」

茂平次は三度直次郎と顔を合わせている。一度目は鳥居耀蔵の役宅の書物蔵、二度目は柳橋の船宿『卯月』、そして三度目は西之丸下の大名小路である。見るからに愚鈍そうで、覇気のかけらも感じられない小役人、というのがそのときの印象だったが、実際、奉行所内での直次郎の評判はかんばしくなく、上役や朋輩たちから「冷や飯食い」だの「負け犬」だの「穀つぶし」だのと陰口を叩かれていた。その直次郎が「闇の殺し人」だったとは、にわかには信じられないことであった。

（しかし）

と茂平次は思い直した。おのれ自身も世間の目をたぶらかすために鳥居家を致仕し、献残屋のあるじに身をやつして鳥居耀蔵の「影御用」をつとめているのである。

直次郎が愚鈍な小役人を演じながら、「闇稼業」で小遣い稼ぎをしていたとしても、少しも不思議ではないし、何よりも岩五郎殺しの現場に落ちていた象牙の根付が雄弁にそれを語っていた。

「下手人は仙波直次郎とみて間違いねえだろう」

うめくように茂平次がいった。

3

日が没して薄い闇がただよいはじめている。

夕風に吹かれながら、仙波直次郎は竈河岸を歩いていた。

昨夜の岩五郎殺しの件を半次郎に報告するために、日本橋小網町の舟小屋に立ち寄ったのだが、あいにく不在だったので、浜町河岸の居酒屋で一杯やりながら半次郎の帰りを待つことにしたのである。

河岸の北側は難波町である。かつてこの町には吉原遊廓があったが、明暦の大火のあと吉原は浅草に移転し、町屋になった。竈河岸の入り堀は旧吉原時代に掘られた廓の外堀の名残である。その堀の水が連日の猛暑で干上がり、よどんだ泥水が異臭を放っている。

「ひでえ臭いだ」

顔をゆがめながら、直次郎は足を速めた。と、そのとき、突然背後に足音がひびいた。ふり返って見ると、小走りに駆け寄ってくる人影があった。

ただの通りすがりではない。明らかに直次郎を追ってきたのだ。気配でそう直観した。

人影が二間（約三・六メートル）ほどに迫った瞬間、

「おぬしは……！」

直次郎は思わず瞠目した。人影は、影山惣十郎だった。

「影山どのか」

「いつぞやは」

軽く会釈（えしゃく）して、影山が歩み寄ってきた。

「手前に何か？」

「立ち合いを所望」

くぐもった陰気な声が返ってきた。

「立ち合い？　こんなところで――」

「人を斬るのに場所は関わりあるまい」

「！」

直次郎は瞬時に影山の目的を察知した。影山の言葉にではなく、全身から放射される禍々(まがまが)しい殺気にである。いままでに感じたことのない激烈な殺気だった。

「おれを殺しにきたのか」

「そのつもりだ」

「しかし、なぜ？」

「金で請け負った」

驚くべきことを、影山は平然といってのけた。直次郎の顔が引きつった。

「そうか。あんた『闇の殺し屋』一味だったか」

「そういうおぬしも同業ではないか」

影山は鼻でせせら笑った。〝同業〟の一言が直次郎の胸にぐさりと突き刺さった。

「な、なぜ、それを！」

「同じけだもの同士、臭いでわかる」

「はぐらかすな。本当のことをいってくれ。誰の差し金なんだ？」

「愚問だな」

「なに」

「わしが本当のことをいうと思うか」

影山の右手が刀の柄にかかった。直次郎も右足を引いて半身に構えた。両手はだらりと下げたままである。影山がおもむろに刀を引き抜いて中段に構えた。

「先日の立ち合い、真剣を使っていればわしの勝ちだった」

いいながら、影山は摺り足でわずかに右に廻り込んだ。剣尖はやや下に向いている。甲源一刀流・胴打ちの構えである。

「いまでも、わしはそう信じている」

強がりというより、直次郎に心理的圧迫を加えるつもりなのだろう。不敵な笑みを浮かべながら、影山は寸きざみに足を摺って右へ右へと廻り込んでいる。

直次郎は半身に構え、両手をだらりと下げたまま微動だにしない。影山の手の内は知っていた。一足一刀の間境を越えた瞬間に「先の先」を取る刀術である。

対する直次郎の心抜流居合術は、相手が斬り込んでくると同時に抜き合わせ、「後の先」を取る剣だが、技量が互角の場合、どちらが有利とはいい切れない。勝負の帰趨は抜き合わせた瞬間の紙一重の遅速にかかっているのである。

(手ごわい)

影山の構えを見て、直次郎はあらためてそう感じた。一分の隙もないのである。

剣法でいう隙とは、心の隙、構えの隙、動作の隙の三つを指す。影山の構えからは、そのいずれの隙も見いだすことができなかった。

一見無造作に見える摺り足も、測ったように一寸きざみで動いているし、中段に構えた剣尖にはいささかの乱れもなく、目は直次郎の眉間にぴたりと付けられている。まさに鉄壁の構えといえた。

そして、それは突然きた。

影山の左足が一足一刀の間境を越えた瞬間、無声の気合とともに刃うなりを上げて、胴打ちの一刀が飛んできたのである。文字どおり目にも止まらぬ早業だったが、同時に、

しゃっ！

直次郎の刀も鞘走っていた。次の瞬間、跳躍した二つの影が宙で交差し、それぞれ逆方向に着地すると、そのままぴたりと静止した。

直次郎は刀を水平に突き出し、影山は斬り上げた刀を斜め上に突き出した恰好で、互いに背中を向け合ったまま、いっさいの動きを止めている。いや、動きだ

けではなかった。息づかいや鼓動さえも止まっている。数瞬ののち、

はらり。

と音もなく地面に落ちたのは、直次郎の着物の袖だった。右の袖口が五寸（約十五・二センチ）ほど切り落とされ、腕から血がしたたり落ちている。ややあって、影山の体がぐらりと前にのめった。胸元から音を立てて血が噴き出している。

二人の体が交差した瞬間、直次郎はわずかに体を開いて切っ先をかわし、抜きつけの一刀を影山の胸に突き立てたのである。まさに紙一重の勝負だった。

影山は刀を支えにして地面に膝をついた。

「わ、わしの……、負けだ」

影山のあえぐような声を背中に聞きながら、直次郎は刀を鞘に納め、ゆっくり踵を返して影山の正面に立った。

「とどめを刺してくれ」

影山が哀願するような目で見上げている。

「その前に訊きてえことがある。おめえたちの元締めは何者なんだ？」

「知らぬ」

「知らねえわけはねえだろう」

いつもの伝法な口調にもどっていた。

「元締めがいなきゃ闇稼業は成り立たねえんだぜ」

「元締めはいる。……だ、だが、素性は知らぬ」

あえぎあえぎ影山がいう。

「それも妙な話だな。仕事の割り振りや、金の受け渡しのときに顔を合わせているはずだぜ。面ぐらいは見てるだろう」

「ひどく用心深い男でな」

影山は苦しそうに胸を押さえた。その指のあいだから凄い勢いで血が噴き出している。

「いつも菅笠で面を隠し、名も名乗らなかった。仲間も……、元締めの素性は知らぬ」

「仲間ってのは何人だ」

一瞬の沈黙があった。

「三人。そ、そのうちの一人は、……おぬしに斬られた雷の岩五郎だ」

直次郎は驚愕した。岩五郎を斬ったのは昨夜のことである。それがもう影山の耳に入っている。驚愕は一瞬にして底知れぬ恐怖に変わっていた。

「おめえさん、なぜそのことを知ってるんだ」

「元締めから聞いた。下手人はおぬしに間違いない、とな」

「元締めはどこでその情報（ねた）を？」

「わからぬ」

影山の顔がみるみる青ざめてゆく。胸から噴き出した血がふところに溜まり、胴まわりが異様にふくらんでいる。

「た、頼む。……早く、楽にしてくれ」

「――――」

直次郎は無言で刀を抜いた。これ以上問い詰めても無駄なことはわかっていた。影山の背後に廻り込み、刀を上段に振りかぶった。影山は静かに目を閉じた。

刹那――、

直次郎の刀が叩きつけるように、影山の首根に振り下ろされた。

ガツンと骨を断（た）つ鈍い音がして、影山の首が蹴鞠（けまり）のように宙に舞い、胴体だけが前のめりに倒れ伏した。宙に舞った首は血しぶきを撒（ま）き散らしながら入り堀に落ちていった。

刀の血ぶりをして納刀すると、直次郎は踵を返して足早にその場を離れた。

（象牙の根付だ）

竈河岸から日本橋小網町にもどる途中、直次郎ははたとそのことに気づいた。

阿部川町の空き地で岩五郎と争っているときに、何かのはずみであの根付を落としたに違いない。それを岩五郎の仲間が見つけ、直次郎の身元を割り出したとすれば……。

（そうか！）

思わず胸の中でその男の名を呼んだ。『多賀屋』茂平次である。あの根付が直次郎の物だと知っているのは、茂平次しかいないのだ。そう気づいた瞬間、直次郎の背筋に冷たいものが奔（はし）った。

（あの男が『闇の殺し屋』の元締めだったか）

しかし、あらためて考えてみると、それは決して意外なことではなかった。

茂平次が鳥居耀蔵の密偵・本庄辰輔であることは、これまでの経緯で明らかだったし、反幕派の蘭学者やその支援者の密殺に関わりがあることもわかっていた。

その茂平次が『闇の殺し屋』の元締めだとすれば、『神崎屋』徳兵衛殺しも、坪井良庵殺しも、『金峰堂』六右衛門殺しも、そして熊倉伝之丞殺しもすべて平仄が合うのである。

(それにしても……)

直次郎はぞくっと身震いした。

(とんでもねえ相手を敵に廻しちまったもんだ)

それが実感だった。

問題は、このあと茂平次がどんな手を打ってくるか、である。

影山惣十郎は、岩五郎殺しに対する報復の第一矢だった。その影山の死が茂平次の耳に入るのは時間の問題だ。すぐさま第二矢を放ち、直次郎を消しにかかるか。

それとも鳥居燿蔵に注進して、合法的に直次郎を抹殺しようとするか。その場合、直次郎の処分は鳥居の胸三寸で決まる。極刑は免れないだろう。いずれにせよ、茂平次に生殺与奪の権をにぎられたことだけは確かだった。

(いまさらジタバタしてもはじまらねえ。首を洗って待つしかねえだろう)

開き直ったように、直次郎は足を速めた。

ほどなく日本橋川の川沿いの道に出た。先刻立ち寄ったときには真っ暗だった半次郎の舟小屋の窓に、ほんのりと明かりがにじんでいる。

（もどってきたか）

直次郎は土手の石段を下りて、舟小屋の前に立った。

「半の字、おれだ」

低く声をかけると、板戸がわずかに開いて、半次郎が顔をのぞかせた。

4

「『闇の殺し屋』の元締めの正体がわかったぜ」

半次郎が淹れた茶を飲みながら、直次郎は苦い声でいった。あいかわらず半次郎は表情のない顔で、黙って聞いている。

「『多賀屋』って献残屋のあるじだ。……といっても、おめえにはピンとこねえだろうが」

無言のまま、半次郎は探るような目で見返した。

「本名は本庄辰輔だ」

その名を聞いて、はじめて半次郎の表情が動いた。

「裏が取れたんですかい？」

「ああ」

直次郎は浮かぬ顔で一部始終を語りはじめた。

昨夜、岩五郎を始末したこと、そしてたったいま、影山惣十郎を斬ってきたこと、さらには岩五郎殺しの現場に落としてきた象牙の根付から、自分の身元がばれてしまったことなどをあますところなく打ち明け、最後にこう結んだ。

「やつらがこのまま黙っているとは思えねえ。次にねらわれるのは、間違いなくこのおれだ」

「――――」

半次郎の目が激しく泳いでいる。俗世(ぞくせ)を超脱した求道者(ぐどうしゃ)のようにおのれを厳しく律し、何が起きてもまったく感情を表さないこの男が、明らかに戸惑(とまど)いの表情を見せているのである。直次郎の告白はそれほど衝撃が大きかった。

「だが、心配にはおよばねえ。自分で蒔(ま)いた種は自分で刈(か)り取る。おめえたちにはいっさい迷惑はかけねえさ」

半次郎は黙ってうつむいている。

「当分、おれの身辺には近づかねえほうがいいぜ」

「――――」

「小夜と万蔵にもそう伝えてくれ」

「連絡（つなぎ）も取るなってことですかい？」

半次郎が重い口を開いた。例によって抑揚（よくよう）のない低い声である。

「いつ、どこで誰に見られるかわからねえからな。おれのことはうっちゃっといてくれ」

湯飲みに残った茶をすすり上げると、直次郎はゆっくり腰を上げ、

「無事に決着がついたら、また会おうぜ」

といい残して、ふらりと出て行った。石段を上ってゆく足音が心なしか重く聞こえる。その足音が遠ざかるのを待って、半次郎はおもむろに立ち上がった。

それから半刻（一時間）後――。

半次郎は深川堀川町の寺沢弥五左衛門の家にいた。六畳の書斎である。うずたかく積まれた書物や書類に埋（うず）もれるようにして、弥五左衛門は腕組みをして考え込んでいる。

「――やむを得まいな」

少時、重苦しい沈黙がつづいたあと、弥五左衛門が苦渋の表情でつぶやいた。

「しばらく仙波さんには、この仕事からはずれてもらおう」

「あっしらは何をすればいいんで？」

「何も」

弥五左衛門は厳しい表情でかぶりを振った。いつもの温和な貌が一変して、闇稼業の元締めの冷徹な貌になっている。

「わしらが動けば、一味の思う壺だ。助勢はいっさい無用」

「見殺しにしろ、と――？」

「やむを得まい」

弥五左衛門は、また同じ言葉を吐いた。

「それがこの稼業の掟なのだ。仙波さんもそのことは十分承知していると思う」

「へえ」

半次郎にも直次郎の覚悟のほどは痛いほどわかっている。

「自分で蒔いた種は自分で刈り取るといっておりやした」

「その言葉を信じるしかあるまいな」

「『多賀屋』茂平次はどうしやすか？」

「うむ」

思案の目を宙に据えていった。

「これはわたしの勘だが、『闇の殺し屋』一味に関わっているのは茂平次ひとりではあるまい。鳥居耀蔵と茂平次を結ぶもう一人の人物がいるはずだ」

「もう一人？」

「幕府の要職にある鳥居が、直接『闇稼業』を動かしているとは思えぬ。二人の間に介在する人物がかならずいるはずだ。その人物の正体を見きわめるまで、もうしばらく茂平次は泳がせておこう」

「わかりやした。では、あっしはこれで」

一礼して、半次郎は立ち上がった。


昼八ツ（午後二時）を過ぎてから、にわかに表が暗くなった。

仙波直次郎は用部屋の障子窓を引き開けて空を見上げた。

灰色の分厚い雲が空をおおいはじめている。ひと雨きそうな雲行きである。ふたたび机に向かって『両御組姓名帳（りょうおくみせいめいがかり）』を広げた。だが、さっぱり仕事に身が入らない。

影山惣十郎の死は、もうとっくに茂平次の耳に届いているはずである。配下の殺し屋どももすでに動き出しているだろう。

茂平次の手下には、毒針を使う殺し屋がいる。その殺し屋が奉行所に出入りしている植木職人や営繕の大工・左官、賄いの男などにまぎれて、ひそかに奉行所内に潜入している可能性もある。いつ、どこから毒針が飛んでくるか、一瞬の油断もならなかった。何しろ相手は鳥居耀蔵の密偵である。その気になればどんな手でも打てるのだ。

裏庭を吹き抜ける風の音。

樹木のそよぐ音。

廊下にひびく足音。

かすかな物音ひとつにも、直次郎は全身の神気をそそいでいた。仕事に身が入らないのも道理である。

時の経過とともに不安と焦燥がつのってくる。

何よりも直次郎が恐れているのは、奉行・鳥居耀蔵からの呼び出しだった。茂平次が鳥居に差し口（密告）したとすれば、早晩、鳥居から呼び出しがかかり、厳しい詮議にかけられるに違いない。そして、その瞬間に直次郎の命運はつきる。

戦々恐々、まるで死の判決を待つ囚人の心境だった。

直次郎はふっと立ち上がり、刀掛けの脇差を手に取って文机のかたわらに置いた。鳥居から呼び出しがかかった瞬間に、その場で腹を切って自刃するつもりである。

部屋の中が急に明るくなった。

窓の外に目をやると、つい先刻まで上空をおおっていた灰色の雲が急速に流れ、雲の切れ間から光の帯が差し込んでいる。同時に石町の鐘の音がひびきはじめた。

（七ツか……）

退勤の時刻（午後四時）である。直次郎の口からホッと吐息が洩れた。長い一日だった。

直次郎は両刀を腰に差して部屋を出た。鳥居から呼び出しがかからなかったところをみると、どうやら茂平次は〝裏〟の作戦に出るつもりらしい。とすれば、奉行所の周辺にもすでに手下の殺し屋どもが配されているに違いない。

数寄屋河岸の往来に油断なく目をくばりながら、直次郎は帰途についた。

西の空がほんのり明るんでいる。

風が立ちはじめた。真綿をちぎったような雲のかたまりが飛ぶように流れてゆく。

数寄屋河岸から比丘尼橋の南詰にさしかかったところで、ふいに晴れた空からポツリポツリと小さな雨粒が落ちてきた。日照雨である。そのときだった。

「仙波さま」

背後で嗄れた声がした。振り向くと、一間（約一・八メートル）ほど後方に菅の一文字笠をかぶった男が立っていた。背はさほど高くないが、がっしりした体軀、茶縞の着流し、腰に朱鞘の脇差を差している。

直次郎はその声ですぐに男の正体を看破した。『多賀屋』茂平次である。

「茂平次か」

一瞬、身構えたが、

「その節はどうも」

茂平次は軽く頭を下げると、拍子抜けするほど屈託のない調子で、

「歩きながら話しましょう」

と直次郎をうながし、先に立って歩きはじめた。直次郎は無言でそのあとにつ

いた。

「仙波さまが手前どもと同業とは、正直、驚きましたよ」

歩きながら、茂平次は悪びれるふうもなくいった。

「お互いさまだぜ。まさか、おめえが『闇の殺し屋』の元締めだったとはな。しかも、本名は本庄辰輔。鳥居さまの元家来だ。正直、おれも肝をつぶしたぜ」

「そこまでご存じでしたか」

「お奉行から呼び出しがかかるんじゃねえかと、今日一日、首を洗って待っていたが、何のご沙汰もなかった。鳥居さまには知らせなかったのか」

「そのつもりは毛頭ございませんよ」

「なぜだ？」

「内々におさめたいと思いましてね」

「内々に？」

先を歩く茂平次が足をゆるめて、直次郎の横に並んだ。

「もし仙波さまがご詮議にかけられたら、お裁きの場で手前のことも洗いざらい白状なさるでしょう」

「当然だ。おめえはおれ以上に悪どい仕事をしてきた。この世の置き土産に何もかもぶちまけてやるさ」

「そうなると一番困るのは、鳥居さまでございます」

「だろうな。へたをすりゃ自分の首も飛びかねねえ」

「それを恐れて、鳥居さまは手前を切り捨てるに違いありません」

「なるほど、そういうことか」

直次郎の顔にふっと笑みが浮かんだ。

鳥居耀蔵は出世名利(みょうり)のために「蛮社の獄」をでっち上げた男である。世間からは「妖怪」と呼ばれて恐れられている。おのれの保身のために密偵の一人や二人、平気で切り捨てる男であることを、誰よりも知っているのは茂平次自身なのだ。

「冥土(めいど)の道連れにされてはかないませんからな」

「それで――」

比丘尼橋を渡ったところで、直次郎は足を止めた。

「内々におさめるとは、どういうことだ?」

「手前どもと手打ちをしていただけないものか、と」

「手打ち?」

「和解ですよ。これまでのことは水に流します。その代わり、今後いっさい手前どもの仕事に手出しはしないと、お約束していただきたいのです」

「断ったら、どうする？」

「致し方ございません。お命をちょうだいいたします」

「上等だ。受けて立とうじゃねえか」

「強気ですな」

苦笑を浮かべて、茂平次はふたたび歩き出した。

また日照雨が降りだした。空は明るい。それなのに霧のような雨が二人の周囲だけに降っている。奇妙な光景だった。

直次郎は足を速めて、先を歩く茂平次の背後に迫った。

「あいにくだがな、おめえたちと同じ天を戴くわけにはいかねえんだ。その話、断るぜ」

いい捨てて、京橋川沿いの道へ曲がろうとすると、

「仙波さま」

茂平次が呼び止めた。

「…………」

直次郎は足を止めて、ゆっくり振り向いた。

「強気は結構ですが、仙波さまが守らなければならないのは、ご自分の命だけじゃありません。そのことをよくお考えになったほうが――」

「まさか、おめえ！」

直次郎の顔がこわばった。

「女房に手を出すとでも！」

「仙波さまの泣きどころはそれしかないでしょう」

脅迫まがいの、したたかな答えが返ってきた。

「ち、ちくしょう！」

直次郎は歯噛(はが)みした。その顔には烈々(れつれつ)たる怒りがたぎっている。

「汚ねえ、野郎だ」

「闇稼業にきれいも汚いもございません。それは仙波さまもよくご存じのはずです」

「見損なっちゃいけねえぜ。おれたちは女子供には手を出さねえ」

「もう一度うかがいます」

茂平次がぴしりといった。匕首(あいくち)を突きつけるような凄味(すごみ)のある声である。

「手打ちはできませんか」

「――――」

直次郎の目に逡巡がよぎった。

茂平次の言葉はただの脅しではない。拒否すれば、間違いなく殺し屋の手が妻・菊乃の身におよぶ。それを防ぐ唯一の手だては、常住坐臥、菊乃のそばについていてやることである。だが、奉行所勤めの直次郎にそんなことができるはずはなかった。

「女房の命を楯に取りやがるとは――」

火を噴くような目で、直次郎は茂平次をにらみ返した。

「おめえも悪知恵の働く野郎だぜ」

「…………」

茂平次は黙っている。直次郎の怒りに動じる気配はみじんも見せない。優位に立った余裕であろう。菅笠の下の口元に薄い笑みがにじんでいる。

「――わかった」

直次郎がうめくようにいった。

「おれの負けだ。もう二度とおめえたちには手を出さねえ」

「では、和解ということで？」

「和解なんかじゃねえさ。おれが勝手にこの仕事から手を引くだけの話よ」

「それで結構です。仙波さまの元締めにも、その旨よろしくお伝えくださいまし」

「それはできねえな」

「できない？」

「元締めとは会ったことがねえんだ。顔を見たこともなきゃ、名前も家も知らねえ。つまり、おれのほうから連絡を取ることはできねえ仕組みになってるんだ。そのへんの事情はおめえが一番よく知ってるんじゃねえのか？」

さすがに茂平次は返す言葉がなかった。茂平次自身、手下の殺し屋には素性を明かしていないのである。

「とにかく、おれはこの稼業から手を引く。それだけは約束するぜ」

憤然と背を返して、直次郎は大股に去って行った。それを見送ると茂平次もゆっくりと歩を踏み出した。いつの間にか日照雨はやんでいた。

西の空に茜雲がたなびいている。

5

「お帰りなさいまし」

茂平次の姿を見て、店じまいをしていた番頭の与兵衛(よへえ)が小腰をかがめて頭を下げた。

上野新黒門町の献残屋『多賀屋』の店先である。

「浅吉さんがお見えになっておりますが」

「うむ」

鷹揚(おうよう)にうなずいて、茂平次は店の中に入って行った。

帳場のわきの中廊下を通り、奥座敷の襖を引き開けると、茶を飲んでいた浅吉があわてて湯飲みを茶盆にもどし、両手をついて低頭した。

茂平次が菅の一文字笠をはずして、その前に着座すると、

「いかがでした?」

浅吉が探るように訊いた。

「話はついた。二度とおれたちの邪魔はしねえと、約束を取り付けてきたぜ」

「信用できやすかね？」

「約束を反故にしたら、女房の命を取るまでさ」

「ですが……」

疑い深い目で、浅吉がいう。

「このまま野郎をほっとくわけにはいかねえでしょう」

「いずれあの男には消えてもらう。だが、いま手を出すのは得策じゃねえ。しばらく様子を見たほうがいいだろう」

「へえ」

「それより浅吉、岩五郎と影山惣十郎の穴埋めに、腕の立つ殺し屋を二、三人探してきてもらえねえかい。急いでな」

「承知しやした」

うなずいて、ふと思い出したように、

「あ、そうそう、小笠原さまがお会いしてえといっておりやしたよ」

小笠原とは、幕府の小人目付・小笠原貢蔵である。

「仕事か？」

「へえ。今夜六ツ半（午後七時）ごろ、池之端の『富松』にきてもらえねえかと」

「おめえも一緒に行くかい？」

「いえ、あっしは遠慮しときやす。番頭さんに駕籠(かご)の手配を頼んでおきやしょうか」

「ああ、そうしてくれ」

「では、ごめんなすって」

一礼して、浅吉は出て行った。

それから小半刻（約三十分）ほどして、番頭の与兵衛が「駕籠がまいりました」と知らせにきた。

茂平次は茶縞の単衣(ひとえ)に鳶茶(とびちゃ)の絽(ろ)の羽織をまとい、例によって菅の一文字笠をかぶると、店の裏手に待たせていた駕籠に乗り込んで池之端仲(なか)町に向かった。

夕刻に日照雨が降ったせいか、生あたたかい夜気がよどんでいる。

まったくの無風である。

ぼんやり靄(もや)った宵闇(よいやみ)の奥に、まばらな明かりがにじんでいる。

駕籠は湯島天神(ゆしまてんじん)裏通りを西に向かい、湯島天神下同朋(どうぼう)町の道を北に折れた。この道を真っ直(す)ぐ行くと不忍池にぶつかる。池畔(ちはん)に広がる町屋が池之端仲町である。

町の中央に南北に通じる小路（俚俗に吹貫横丁という）があり、小路の西側を西仲町、東側を東仲町といった。両町ともに老舗の料亭や料理茶屋、小料理屋などが立ち並び、下谷広小路に次ぐ盛り場として繁盛していた。

茂平次を乗せた駕籠は、西仲町の路地の中ほどで止まった。左手には黒船板塀がつらなり、塀の一角の木戸口に『富松』の屋号を記した角行燈がかかっている。

駕籠を下りた茂平次は、木戸口の戸を押して中に入って行った。

そのとき、路地の奥の闇溜まりに音もなくよぎる人影があったが、茂平次も二人の駕籠かきも気づいていなかった。

『富松』は西仲町一といわれる老舗の料亭である。

敷地はおよそ五百坪、贅をこらした数寄屋造りの母屋には貸席が五部屋あり、そのほかに離れが一つあった。仲居に案内されて茂平次が向かったのは、その離れだった。

渡り廊下を渡って離れの障子を引き開けると、先着していた小笠原貢蔵が手酌で酒を呑んでいた。

「お待たせいたしました」

「おう」

小笠原が顔を向けた。

「失礼いたします」

茂平次は敷居際で頭を下げ、菅笠をはずして小笠原の前に着座した。

「まずは一盞」

と酒杯に酒を注ぎながら、小笠原は皮肉まじりに笑った。

「ふふふ、こうしておぬしの素顔を間近に見るのは、ひさしぶりだな」

「いままでのご無礼はご容赦のほどを。ここでしたら他人に見られる心配もございませんので、心おきなく笠もはずせます」

小笠原はまじまじと茂平次の顔を見ていった。

「変わったな、おぬしも」

「変わりましたか？」

「ああ、商人風情がすっかり板についた。鳥居家を致仕して何年になる？」

「早いもので、もうかれこれ六年になります」

「六年か……。鳥居家に復籍する気はないのか？」

「それが妙なもので、さっぱりその気が――」

「起きないか」

「はい」

「武士への未練もないか」

「武家暮らしが性に合わないのでございましょう。手前はいまの町屋暮らしに満足しております」

「それは結構なことだ。そうやっておぬしが町屋に根を張ってくれれば、わしらとしても何かと都合がよい。今後ともよろしく頼むぞ」

「こちらこそ」

しばらく酒の献酬がつづいたあと、小笠原がおもむろにふところから折り畳んだ書状を取り出し、茂平次の膝前に置いた。

「今度の仕事は、こやつだ」

茂平次は書状を開いて、素早く目を走らせた。

「明屋敷番伊賀者、ですか」

「最近わかったことだが、そやつは高野長英の直弟子だったのだ」

「ご公儀のお役人が蘭学を……」

茂平次は意外そうに目を細めた。

「実直な能吏だという評判だが、それを隠れ蓑にしていたのであろう」

「まさに獅子身中の虫でございますな」

「獄中の高野とひそかに連絡を取り合い、『金峰堂』に高野の著作を出版させていたことも、これまでの調べでわかっている」

「ほう、『金峰堂』ともツルんでおりましたか」

「速やかにそやつを始末しろと、鳥居さまからもご下知があった」

「わかりました。お引き受けいたしましょう」

「仕事料だ」

と切り餅（二十五両）を差し出して、小笠原は語をついだ。

「そやつは、先月改易になった旗本二千石・城戸播磨守の明屋敷番をつとめている。三日後に宿直の番に出るそうだ。そこをねらったらどうだ？」

「宿直は一人だけでございますか」

「うむ」

「では、三日後に――」

にやりと嗤って、茂平次は切り餅と書状をふところにしまい込んだ。

そんな二人のやりとりを、床下の闇に身をひそめて聞いていた男がいた。茂平次の駕籠が到着したとき、路地の奥によぎった人影――半次郎だった。

第六章　護持院ガ原の仇討ち

1

半次郎が深川の寺沢弥五左衛門の家を訪ねたのは、翌朝の五ツ半（午前九時）ごろだった。昨夜は遅くまで書き物をしていたらしく、弥五左衛門は寝巻姿のまま遅い朝食の支度をしていた。台所の竈の上の鉄鍋がもうもうと湯気を立てている。

「朝めしは食べたのか？」

振り返って、弥五左衛門が訊いた。

「いえ、まだ」

「じゃ、一緒にどうかね？」

といわれて、半次郎も朝食の支度を手伝うことにした。手伝うといっても、飯はすでに炊き上がっており、干魚を焼くだけである。すぐに支度はととのった。弥五左衛門が作った味噌汁と半次郎が焼いた干魚、それに漬物を添えただけの簡素な朝食を、二人は向かい合わせの膳で食べはじめた。

「元締めがおっしゃったとおりでしたよ」

箸を運びながら半次郎がいった。

「鳥居耀蔵と『多賀屋』茂平次をつなぐ、もう一人の男がおりやした」

「何者かね、その男は」

「公儀の小人目付・小笠原貢蔵です」

「ははあ、あの男か――」

小笠原が鳥居耀蔵の走狗であることは、弥五左衛門も知っていた。その小笠原が昨夜上野池之端の料亭『富松』で茂平次と密会していたこと、二人の密談の内容から一味の次の標的が内田弥太郎であることなどを、半次郎は巨細洩れなく報告した。

「そうか、とうとう内田さんも目をつけられたか」

食べ終えた茶碗を膳に置いて、弥五左衛門は苦い声でつぶやいた。

「三日後に内田さまが明屋敷の宿直の番に出るところをねらえと、小笠原はそういっておりやした」

「三日後か。……急いで手を打たなければならんな」

「万蔵さんに頼みやしょうか」

「うむ」

うなずいて立ち上がると、弥五左衛門は床の間の掛け軸をはずし、隠し戸の中の手文庫から五両の金子を取り出して、半次郎の前に置いた。

「仕事料だ」

「五両……！」

金額の大きさに半次郎は思わず瞠目した。

「相手は殺し屋だ。命がけの仕事になるやもしれぬ」

「へえ」

「もしこの五両で折り合いがつかなければ、万蔵さんのいい値どおりに支払う用意がある。そのこと胸にふくんでおいてくれ」

「かしこまりやした。とにかくいっぺん掛け合ってみやしょう」

「それはそうと――」

茶をすすりながら、弥五左衛門が、

「仙波さんの身に変わったことはないか」

「先ほど八丁堀の組屋敷に立ち寄って様子を見てまいりやしたが、仙波の旦那はいつもの時刻に役所に向かいやした。ふだんとまったく変わりありやせん」

「一味に見張られているような気配は？」

「それも、まったく……」

「妙だな」

弥五左衛門は腕組みをして考え込んだ。直次郎が影山惣十郎を斬ってから、すでに一昼夜がたっている。そろそろ茂平次一味が動き出すころなのだが……。

「何か裏があるやもしれぬ」

「と申しやすと？」

「仙波さんは一味の殺し屋を二人斬っている。たやすい相手でないことは、茂平次も百も承知してるはずだ。とすれば――」

さらなる犠牲者を出すより、直次郎を金で抱き込んで味方につけようとするかもしれない。希代の策謀家・鳥居耀蔵の密偵として、数々の陰謀に関与してきた茂平次＝本庄辰輔ならやりかねまい、と弥五左衛門はいった。

「ですが、元締め」

半次郎が反論しようとすると、弥五左衛門は、

「わかっておる」

と笑って手を振り、

「むろん、仙波さんはその手には乗るまい。いや、乗ったと見せかけて相手の内ぶところに飛び込んでゆくやもしれぬ。いずれにせよ、仙波さんのことだ。相手の出方しだいで変通自在に対応してくれるだろう」

「あっしもそう信じておりやす」

半次郎は膝元に置かれた五両の金子をふところにしまった。

「半次郎」

弥五左衛門の顔から笑みが消えている。

「これはただの世直し仕事ではない。茂平次一味との戦だ。そのこと万蔵さんにくれぐれもよろしく伝えておくれ」

「かしこまりやした」

朝飯の礼をいって、半次郎は立ち上がった。

弥五左衛門の家を出た半次郎は、堀川町の船着場に向かい、そこから猪牙舟に乗って大川を遡行し、吾妻橋の手前の竹町の渡し場で舟を下りた。

竹町の渡し場から、万蔵の古着屋がある南本所番場町までは目と鼻の先である。

万蔵は店の裏の空き地で古着を干していた。

半次郎が店の脇の路地から空き地の草むらに足を踏み入れると、気配に気づいて万蔵が振り返った。

「おう、半の字か」

抱えていた古着の束を足下に置いて、

「茶を振る舞いてえところだが、あいにく部屋が散らかってるんでな。ここで勘弁してくんな」

と空き樽をすすめ、自分も別の空き樽に腰を下ろした。

「仕事かい？」

「へえ。茂平次一味の殺し屋を始末していただきてえんで」

といっても、肝心の殺し屋の素性はわかっていなかった。一つだけ確かなことは、三日後に茂平次一味の殺し屋が内田弥太郎の命をねらうということだけである。そのことを伝えると、万蔵は腕を組んでつぶやいた。

「三日後てえと、明後日か――」

「仕事料は五両です」

半次郎はふところから五両の金子を取り出した。

「ほう、今回はずいぶんと張り込んでくれたじゃねえか」

「これはただの仕事じゃありやせん。茂平次一味との戦だと、元締めはそういっておりやした」

「――確かにな」

万蔵は険しい顔でうなずいた。

「やつらを叩きつぶさねえと、おれたちの身も危なくなる」

「請けてもらえやすか」

一瞬の逡巡のあと、万蔵は意を決するように、半次郎の手の上の五両の金をわしづかみにして無造作にふところにねじ込み、

「その代わり、おめえにも手伝ってもらうぜ」

といった。

「何をすればいいんで？」

「明後日の晩、内田さんを明屋敷から別の場所に連れ出してもらいてえんだ。殺しの現場を内田さんに見られちゃまずいからな」

「わかりやした。前もってあっしが手はずをつけておきやす」

「ところで、八丁堀の旦那はどうしてる？」

思い直すように万蔵が訊いた。

「いまのところ変わった様子はありやせん」

「そうか」

万蔵は立ち上がって、ふたたび古着を物干し竿（ざお）にかけながら、

「旦那と連絡（つなぎ）を取る方策はねえものかな」

独語するようにつぶやいた。

「一味の目が光っておりやす。当分、仙波の旦那には近づかねえほうがいいでしょう」

「ああ」

と万蔵はあいまいにうなずいて、

「そのうち何かうまい手が見つかったら、おれがこっそり様子を見に行ってく

る」

「くれぐれも気取られぬように――」

「念にはおよばねえさ」

「では、明後日の晩」

ぺこりと頭を下げて、半次郎は風のように走り去った。

用部屋の西の窓の障子が夕陽に赤々と染まっている。

日本橋石町の七ツ（午後四時）の鐘の音を聞きながら、仙波直次郎はホッとしたように『両御組姓名帳』を閉じた。

比丘尼橋の近くで『多賀屋』茂平次と出会ってから無事に三日が過ぎた。その三日間、直次郎は定刻に奉行所に出仕し、日がな一日を用部屋で過ごして定刻には退勤するという判で押したような日々を送っていた。

死ぬほど退屈な三日間だったが、しかし「無事」という言葉がこれほど身にしみたことはなかった。あれ以来、茂平次からの接触はいっさいなかったし、一味に見張られているような気配もまったく感じられなかった。

もちろん妻・菊乃の身にも何の変化も起こらなかった。

少なくともこの三日間、茂平次は「和解」の約束を守っている。

だが、相手は海千山千(うみせんやません)の茂平次である。いつまでも直次郎を自由に泳がせておくとは思えなかった。菊乃の命を楯(たて)にとって直次郎の動きを封じ込め、その間に当面(とうめん)の「闇仕事」をこなすのが茂平次のねらいなのだろう。

直次郎を始末するのは、それからでも遅くはないのだ。

だが、その時機がいつなのか。さすがの直次郎にも読めなかった。一日が無事であればあるほど、その先に待ち受けている危機がひしひしと身に迫ってくる。

「仙波さん」

ふいに遣戸(やりど)越しにしゃがれ声がした。直次郎は我に返ってあわてて戸を引き開けた。

廊下(ろうか)に隣室の例繰方(れいくりかた)・米山兵右衛が立っていた。

「仕事、終わりましたか」

「ええ」

「よろしかったら、ひさしぶりに一杯いかがですか」

「それが――」

直次郎はいいよどんだ。

「あいにく野暮用がございまして」

「そうですか。じゃまたの機会に」

「申しわけありません。お先に失礼します」

丁重に頭を下げて、直次郎は足早に立ち去った。

暮れなずむ空に雲の峰がわき立っている。

数寄屋橋御門を出ると、直次郎はいつもの道をたどって帰宅の途についた。今日も暑い一日だった。足元からむっとするような暑気がわき立ってくる。

比丘尼橋を渡り、京橋川の川沿いの道に出たところで、直次郎はふと足を止めて前方に目をやった。川岸の柳の木の下に人だかりがしている。

近寄って見ると、莚の上に古着を並べて売っている男がいた。万蔵である。

直次郎は素早くあたりに目をくばった。

見張られている気配がないのを確かめると、人だかりのうしろに歩み寄り、莚に胡座している万蔵を見下ろした。

万蔵も気づいた様子である。だが、あえて直次郎には視線を向けず、客の一人とやりとりをしている。

客たちが三々五々散ってゆくのを横目に見ながら、直次郎は何食わぬ顔でかが

み込み、古着の一枚を手に取って、

「これはいくらだい？」

とさりげなく声をかけた。

「へえ。五十文です」

顔も上げずに、万蔵が応えた。

「五十文は高えな」

いいつつ、直次郎はほかの古着を物色しはじめた。

万蔵はうつむいたまま、上目づかいに四辺の様子をうかがっている。そして、口の中でつぶやくようにいった。

「旦那、見張りはいねえようです」

「うむ」

小さくうなずくと、直次郎は古着を広げたり裏を返したりしながら、

「茂平次に脅かされたぜ。闇稼業から手を引かねえと女房を殺すとな」

ささやくようにいった。昏はほとんど動いていない。万蔵は黙って顔をそむけている。遠目には無言で古着を値踏みしているように見えるだろう。

「女房の命には代えられねえからな。やむなく茂平次と手を打った。当分、死ん

だふりをする。半次郎にそう伝えておいてくれ」

「わかりやした」

聞き取れぬほど小さな声でそう応えると、万蔵は古着の束の中から銀鼠色の羽織を引っぱり出して、直次郎の手元にぽんと投げ出した。

「旦那、これを持ってっておくんなさい。安くしときますぜ」

「いくらだ？」

「四十文」

「よし、買った」

直次郎が銭を手渡すと、万蔵は羽織を紙に包みながら声をひそめていった。

「羽織の襟に手紙が仕込んでありやす」

直次郎はうなずいて包みを受け取り、何食わぬ顔で立ち去った。

八丁堀の地蔵橋の手前で、直次郎は足を止めてあたりを見廻した。不審な人影は見当たらなかった。足早に自宅の木戸門をくぐり、玄関に向かった。

廊下に上がると、奥から菊乃が出てきた。

「お帰りなさいまし」

「変わったことはなかったか？」

「別にございません。……あら、お買い物をしてきたんですか」

「露天の古着屋で安い羽織を見つけたのでな」

「まァ、古着の羽織なんて」

菊乃は苦笑を浮かべた。

「無紋の羽織だが、古着にしては見栄えがいい。普段着にするつもりだ」

そういって奥の自室に入ると、直次郎はうしろ手で襖を閉め、素早く包みを開いて羽織を取り出した。そして襟の糸を引き抜く。

はらり、と何かが落ちた。細長く畳んだ紙片である。それを拾い上げて開き、視線を走らせた。小さな字がびっしりと書きつらねてある。

「なるほど、そういうことか――」

直次郎の目がきらりと光った。

――あら？

日本橋を渡りかけたところで、小夜はふと立ち止まって前方に目をやった。

ひっきりなしに橋上を行き交う人波の中に、悄然とうつむいて歩いている熊倉清一郎の姿を見たのである。清一郎は橋の中央で足を止めて、疲れたように欄干にもたれた。

「清一郎さま」

歩み寄って声をかけると、清一郎がゆっくり振り返って、

「やァ、小夜さんか」

「その後、何か手がかりでも？」

「いや」

力なく、清一郎は首を振った。

「江戸は広い。果てしなく広い。つくづくそれを思い知らされたよ」

憔悴しきった顔である。声にも力がなかった。小夜は思わず、

（本庄辰輔の居所がわかったんです！）

と口走りそうになり、あわててその言葉を呑み込んだ。しばらくそのことは伏せておいたほうがいいと、直次郎から釘を刺されたことを思い出したからである。

「いまとなって、わたしは後悔している」

うつろな目で日本橋川の流れを見下ろしながら、清一郎が独語するようにつぶやいた。川面に映えた西陽が、清一郎の白皙の顔を赤く照らし出している。

「最初から本腰を入れて仇を探していれば、父は殺されずに済んだかもしれない。そう思うと悔やんでも悔やみきれないのだ」

「――――」

慰める言葉もなかった。

「もし、このまま仇が見つからなければ、わたしは――」

といいさす清一郎に、

「いいえ、きっと見つかりますよ」

小夜はきっぱりといった。

「かならず見つかります。望みを捨てずに頑張ってください」

「うむ」

清一郎は弱々しく笑った。

「どのみち、仇を討たなければ国には帰れぬ。生涯をかけてでも奴を追いつづけるつもりだ。……小夜さんは、仕事に行くところだろう?」

「ええ」

「足を止めさせて済まなかったな。じゃ」

一揖して、背を返した。

立ち去る清一郎のうしろ姿を、小夜は複雑な表情で見送った。本庄辰輔の居所を知りながら、それを打ち明けられないもどかしさ。何か途方もなく大きな罪を犯してしまったような罪悪感、そして自責の念。さまざまな想いが交錯する。いっそのこと、直次郎との約束を破って、何もかも打ち明けてしまおうか。そんな衝動に駆られたときである。背後に人の気配を感じて、小夜は振り返った。

菅笠(すげがさ)を目深(まぶか)にかぶった半次郎が、さり気なく歩み寄ってきて、

「今夜四ツ（午後十時）、あっしの舟小屋にきておくんなさい」

小声でそういうと、小夜のかたわらをすり抜けるように通り過ぎていった。

「あ、ちょっと」

小夜は小走りに追って、半次郎の横に並び、

「仕事？」

と訊き返した。

「万蔵さんから話があるそうで」

半次郎は低い声で手短に事情を話すと、何か問いたげな小夜の視線を振り切って、足早に人混みの中に消えていった。

2

その日の暮六ツ（午後六時）ごろ、城勤めを終えた内田弥太郎は、小石川片町の旗本二千石・城戸播磨守の明屋敷に向かった。宿直の番をつとめるためである。

城戸播磨守は小普請支配という役目柄、業者との付き合いが深く、金遣いも遊びもかなり派手だったという。その不行跡を咎められて先月の五日、改易になった。

改易とは、文字どおり改め易えるという意で、この処分を受けた者は官職を解かれた上に、所領や家禄、屋敷を没収されるのである。江戸時代の武士の刑としては切腹の次に重い処分であった。

屋敷の門扉は固く閉ざされ、その前に明屋敷番伊賀者配下の小者が二人、六尺棒を持って立っていた。弥太郎の姿を見ると、二人の小者は威儀を正して、

「お役目、ご苦労さまにございます」

と頭を下げ、門の小扉を開けて弥太郎を中に招じ入れた。

二千石の旗本の屋敷は広大である。敷地は三十三間（約六十メートル）四方、およそ千坪で、門は門番所付きの長屋門。門から表玄関まで石畳がつづき、石畳の両側は間隔をおいた板塀が向かい合ってつらなっている。板塀の内側は家臣の長屋である。

弥太郎が表玄関に立つと、奥から手燭を持った武士が姿を現した。昨夜から宿直の番をつとめていた朋輩の池田達之助である。

「宿直の番、ご苦労でござった」

弥太郎が一礼すると、

「何も変わりはござらん。よろしくお頼み申す」

と池田も礼を返して出て行った。これで宿直の引き継ぎは完了である。

弥太郎は表玄関から中廊下を通って、奥の書院に向かった。

廊下の左右につらなる部屋は、襖がすべて開け放たれている。どの部屋も家具調度類はいっさいなく、不気味なほど静まり返っている。この広大な屋敷の中で、城戸播磨守は日々贅沢三昧の日々を送っていたのだろう。

だが、無住の屋敷となったいま、当時の面影や名残はかけらもなかった。

奥書院に足を踏み入れた。十畳ほどの部屋である。ここも家具調度類はなく、がらんとした殺風景な部屋だった。燭台がひとつ、淡い明かりを散らしている。

宿直の番はこの部屋に詰めて、一刻（二時間）ごとに屋敷内を見廻り、翌日の夕刻、別の同役と交代することになっている。

燭台のかたわらに端座すると、弥太郎はふところに忍ばせていた蘭書を取り出して読みはじめた。だが、その目は文字の上面をなぞっているだけで、心ここにあらずといった表情である。

自分の命がねらわれていることは、昨夕、半次郎から聞いて知っていた。

「内田さまのお命はあっしがかならずお守りしやす」

と半次郎はいったが、正直なところ半次郎一人で殺し屋の襲撃を防ぎきれるかどうか、一抹の不安はあった。

時の経過とともに闇がしだいに濃くなってくる。

半刻（一時間）ほどたったときである。中庭にかすかな物音がした。

「――」

弥太郎の目がきらりと光った。読みかけの蘭書をふところにしまい、立ち上がって障子を引き開けた。庭前に黒ずくめの半次郎がひざまずいている。

「待っていたぞ」

「内田さまは土蔵のほうへ」

「うむ」

うなずくと、弥太郎は踵(きびす)を返して部屋を出て行った。

襖が閉まると同時に、半次郎は背後を振り返って手を上げた。それを合図(あいず)に庭の奥の暗がりから、これも全身黒ずくめの男が音もなく姿を現した。万蔵である。

「ここが宿直の部屋か？」

低く訊いた。

「へい」

万蔵は鋭(するど)い目で部屋の中を見渡し、それからゆっくり視線を外にもどして、

「来るとすれば、こっちからだな」

庭の北側を指さした。殺し屋の侵入経路を推測しているのである。庭の北側には裏門がある。万蔵と半次郎もそこから侵入したのだ。賊も同じ経路をたどってくるに違いない。

「で、あっしは何を？」

半次郎が訊いた。

「内田さんの身代わりだ。燭台の前に座っててくれ」

「へい」

半次郎が広縁（ひろえん）に上がろうとすると、万蔵が呼び止めて、

「その前に鍬（くわ）を探してきてもらえねえか」

「承知しやした」

半次郎は身をひるがえして、書院の裏手に走り去った。それを見送ると、万蔵は庭の奥の楠（くすのき）の老樹の下に歩み寄り、猿のように身軽に木を登りはじめた。

地上からおよそ二丈（じょう）（約六メートル）の高さまで登ったところで、横に張り出している太い枝にまたがり四辺を見渡した。

書院の障子が燭台の明かりを受けてほの白く光っている。周囲は漆黒の闇である。

ほどなく半次郎が鍬を担（かつ）いでもどってきた。

「万蔵さん」

「ここだ」

低い声が頭上から降ってきた。半次郎はけげんそうに声のほうを見上げた。大（おお）楠（くす）の葉陰に隠れて万蔵の姿は見えなかった。

「この鍬はどうしやす？」

「石灯籠の陰に置いといてくれ」

「へい」

いわれるまま、庭の一隅の石灯籠の陰に鍬を置くと、半次郎は書院の広縁の沓脱ぎで草履を脱ぎ、それをふところにしまい込んで書院に上がった。

大楠の枝の上から、万蔵はその様子をじっと見ている。書院の障子がぴたりと閉まり、燭台の前に座り込む半次郎の影が、白い障子にくっきりと浮かび立った。

（よし）

とうなずくと、万蔵は懐中から細い革紐の束を取り出した。革紐の先端には鉄製の鏃のようなものが付いている。長さは七寸（約二十一・二センチ）ほど、先が針のように鋭く尖っている。

鏃というより手裏剣に似た刃物である。

これは万蔵が考案した縄鏃という飛び道具で、紐の先端をぐるぐると回転させ、その遠心力で鏃を飛ばして獲物を仕留めるのである。

縄鏃は紐を引いて飛んでゆくために、鏃の部分が回転せずに水平を保ったまま確実に標的に突き刺さる。また使用後に紐をたぐり寄せれば暗闇の中でも回収が容易なので、殺しの現場に凶器を残さぬという利点もあった。

　準備はととのった。あとは殺し屋が現れるのを待つだけである。

　またたく間に半刻が過ぎ、さらに一刻が過ぎた。

　しばらくして、万蔵は中庭の北側にかすかな物音を聞いた。忍びやかに砂利を踏みしめる足音である。

（来たか）

　息を殺して、じっと闇に目をこらしていると、庭の奥の植え込みの陰に音もなく人影がよぎった。黒布で面をおおい、鈍色の筒袖に同色の股引きをはいた中肉中背の男——鳥刺しの吉次だった。

　万蔵は革紐の束を左手に持ち、右手で先端の鏃をゆっくり回転させはじめた。

　吉次の体がすっと闇に沈んだ。植え込みの陰から書院の気配をうかがっているようだ。ほの白く光った書院の障子に、半次郎の影が映っている。

　次の瞬間、万蔵はハッと息を呑んだ。

　植え込みの葉陰から、細い竹筒が突き出されたのである。その筒先は書院の障子に映っている半次郎の影にぴたりと向けられている。

（吹き矢だ！）

胸の内で叫ぶと同時に、万蔵は縄鏢を投擲した。

ヒュルル……。

縄鏢が一直線に植え込みに向かって飛んでいった。ガサッと植え込みの葉が揺れたかと思うと、一拍の間を置いて、何かが倒れる音がした。

（仕留めた！）

手応えは十分だった。万蔵は素早く縄鏢の革紐をたぐり寄せた。手元にもどってきた鏢を見ると、果たせるかな鏢の尖端にべっとりと血が付いていた。

「半の字、仕留めたぞ！」

思わず叫んだ。同時にがらりと障子が引き開けられ、半次郎が飛び出してきた。万蔵は束ねた縄鏢をふところにねじ込み、すべるように木から下りた。

「死んでやす」

闇の奥から半次郎の声がひびいた。駆け寄って見ると、植え込みの陰に吉次が仰向けに倒れていた。眉間からおびただしい血が噴き出している。縄鏢が見事に吉次の眉間を射貫いたのだ。

万蔵は死体のかたわらに落ちている竹筒を拾い上げて見た。

「やっぱりな」

筒の中には円錐形の毒矢が仕込まれたままになっている。

「吹き矢ですか」

「おれの読みが的中したぜ。この野郎は三州岡崎から流れてきた『鳥刺し』だ」

「では、坪井良庵先生を殺したのも――」

「ああ、間違いねえ」

円錐形の吹き矢の先が青く光っている。

「これを見ろ。矢の先には毒が塗ってあるぜ」

そういうと、万蔵は石灯籠の陰から鍬を持ってきて庭の隅に穴を掘りはじめた。

吉次の死体を埋めるための穴である。

四半刻（約三十分）ほどかけて深さ三尺余（約一メートル）の穴を掘り、そこに吉次の死体を放り込んで土をかぶせると、半次郎は裏庭の土蔵に向かい、身をひそめていた内田弥太郎に首尾を報告して、万蔵が待ち受けている裏門に走った。

3

半刻後――。

半次郎と万蔵は、日本橋小網町の舟小屋の中で茶碗酒を酌み交わしていた。

「内田さんには、何といったんだ？」

万蔵が訊いた。

「あっしが始末したと」

「そうか」

うなずいて、万蔵は茶碗酒をうまそうに呑みながら、

「内田さんが次の宿直番と交代するのは、明日の夕方だ。それまでは小笠原も茂平次も野郎が仕事に失敗ったことには気づかねえだろう」

「つまり、明日の夕方までが勝負ってことですね」

「ああ」

「仙波の旦那とは連絡が取れたんですかい？」

「抜かりはねえさ。仕事の段取りもつけておいた。茂平次は旦那に任せて、小笠

原はおれが殺る。お小夜にも話は通ってるんだろうな？」

「へい。もうそろそろ――」

いい終わらぬうちに、土手の石段に駒下駄の音がひびいた。すかさず半次郎が立ち上がって戸を引き開ける。小夜が素早く体をすべり込ませた。

「仕事、うまくいったの？」

「上々さ」

万蔵はにやりと笑い、

「お小夜さんも一杯やるかい？」

と空の茶碗を差し出したが、小夜はかぶりを振って、

「それより、仕事の段取りを」

「明日の暮れ六ツ（午後六時）、熊倉って侍を連れて護持院ガ原に行ってくれ」

「護持院ガ原？」

「二番原だ。八丁堀の旦那が茂平次をおびき出してくる。そこで熊倉さんに仇を討たせるって寸法よ」

「おびき出すって、どうやって？」

「そこんところは、おれにもわからねえが、旦那のことだ。うまくやってくれる

に違いねえ」

「そう」

小夜の顔にふっと笑みが浮かんだ。

「万蔵さんが気を利(き)かして、この筋書きを書いてくれたんですよ」

半次郎がぼそりといった。例によって抑揚(よくよう)のない低い声である。

「ありがとう、万蔵さん。清一郎さまも、きっと喜ぶと思うわ」

「なに、礼にはおよばんさ」

万蔵は照れ笑いを浮かべた。

「これで清一郎さんの仇討ちとあたしの仕事と同時に片(かた)がつく。まさに一石二鳥ね」

いいながら、小夜は半次郎に向き直り、

「半次郎さんには一両の前借りがあるから、仕事料はチャラでいいわよ」

「おっと、お小夜さん、安請け合いはいけねえぜ」

万蔵があわてて手を振った。

「命がけの仕事を一両でチャラにされたんじゃ、おれたちが困る。せめて二、三両はもらわねえと……。なァ、半の字、そうだろ?」

「へえ」

半次郎はあいまいにうなずいた。

「元締めは太っ腹なお人だ。楽しみにしてるぜ」

そういって半次郎の肩をポンと叩くと、万蔵は茶碗に満たした酒を豪快に呑み干した。

翌日の夕刻、小石川の城戸播磨守の明屋敷に、交代要員の若い武士がやってきた。

内田弥太郎の後輩・狭川隼人である。

「おう、今夜の宿直はおぬしか」

弥太郎は何事もなかったように狭川を迎え入れた。

「宿直の番、ご苦労でございました。異状はありませんでしたか」

「うむ。あとは頼んだぞ」

といって式台から玄関に下りようとすると、狭川が思い出したように、

「先ほどお組頭から通達がございました。屋敷替えが決まったそうです」

明屋敷の次の住人が決まったのだ。

「そうか。播磨守どのの後任は誰になるのだ？」

「御納戸組頭の保坂近江守さまだそうです。引っ越しは四日後になるとか」

「それはよかった。ようやく我々も宿直の番から解放されるな」

「では」

と頭を下げて、狭川は廊下の奥へ去って行った。

表に出た弥太郎はホッと安堵の吐息をつき、表門の張り番についていた小者にねぎらいの言葉をかけて帰途についた。

その様子を、屋敷のなまこ塀の切れ目からじっと見ている編笠の武士がいた。

小人目付の小笠原貢蔵である。宿直の番の交代時刻を見計らって、昨夜の殺しの首尾を確かめにきたのだが……。

（まさか！）

小笠原は息を呑んだ。

（あの男、生きておったか！）

編笠の下の顔が驚愕にゆがんだ。内田弥太郎が生きているということは、取りも直さず茂平次の手下が殺しに失敗したことを意味する。それとも、何か不測の事態が起きて、急遽、計画が変更になったか。いずれにせよ、このことを、

（茂平次に知らせねば）

と、小笠原は踵を返して足早に立ち去った。

小石川片町から上野新黒門町の『多賀屋』に向かうには、本郷菊坂町から湯島を経由して湯島天神裏坂下に出るのが一番の近道である。

城戸播磨守の明屋敷の裏道を右に曲がり、阿部伊予守の下屋敷の塀沿いの細い道を通って菊坂町に出た。左手に急な坂道が見える。本郷通りに抜ける坂で、勾配が急なために俗に「胸突坂」と呼ばれている。

陽が西の端に沈みかけ、淡い夕闇がただよいはじめていた。

地面に長く伸びたおのれの影を踏みながら、小笠原はゆっくり坂を上りはじめた。

（はて？）

坂の中腹で、小笠原はふと足を止めた。背後に人の気配を感じたのである。こんな夕暮れに「胸突坂」を上り下りする人間はめったにいない。

不審に思って振り返って見ると、菅笠をかぶったずんぐりした男が、右手で紐のような物をぐるぐる廻しながら飄然と坂道を上ってくる。万蔵だった。

（妙なやつだ）

と思いながら、気を取り直して背を返した瞬間、

ヒュルルル……。

異様な音を聞いて、小笠原は反射的に振り返った。その目にきらりと光るものがよぎった。長さ七寸（約二十一・二センチ）ほどの鋭い刃物が尾を引いて飛んでくる。縄鏃だった。

「！」

間髪を容れず抜刀し、刀の峰でそれをはじき返した。

キーン！

はじかれた縄鏃がくるくると回転し、小笠原の刀にからみついた。

「む……！」

思わず刀を引いた。だが、びくともしない。

万蔵が渾身の力で縄鏃の紐を引いている。

「き、貴様、なにやつ！」

刀を引きながら、小笠原が叫んだ。万蔵は無言。ピンと張り詰めた縄鏃の紐をぐいぐいたぐり寄せながら近づいてくる。

小笠原は必死に踏ん張った。だが、紐を引き寄せる万蔵の力は驚くほど強い。

踏ん張った両足がずるずると坂道をすべってゆく。

「お、おのれ！」

わめくと同時に、小笠原は脇差を抜き放ち、革紐を断ち切ろうとした。

刹那――、

万蔵がパッと手を離した。勢いあまって小笠原がドスンと尻餅をつくのと、万蔵がふところの匕首を引き抜いて跳躍するのが、ほとんど同時だった。

「わッ」

断末魔の悲鳴を上げて、小笠原は仰向けに倒れた。逆手に持った万蔵の匕首が小笠原の喉を切り裂いたのである。

血しぶきを撒き散らしながら、小笠原は急坂を転げ落ちていった。

万蔵は素早く縄鏃の紐を束ねてふところにねじ込み、疾風のように坂道を駆け上っていった。

献残屋『多賀屋』の裏手は、板塀で囲われた五十坪ほどの庭になっている。

巨石や石灯籠、松、黄楊、竹、四季折々の花木などが配された、手入れの行き届いた庭である。その庭の一隅で茂平次は盆栽に水をやっていた。十二、三鉢はあるだろうか。いずれも枝ぶりの見事な五葉松の盆栽である。

　水やりを終えると、茂平次はかがみ込んで盆栽の一つひとつを愛でるようにながめた。鳥居家に勤めていたころから丹精こめて育ててきた盆栽だけに、どの鉢にも一入の思い入れがあった。盆栽は手をかければかけるほど、主人の思い通りに育ってくれる。それが盆栽の魅力なのだと茂平次は思う。

（盆栽は人間を裏切らねえからな）

　肚の中でつぶやきながら、茂平次は飽きもせず盆栽に見入っていた。

　そこへ枝折戸を押して、浅吉がこっそりと入ってきた。

「どうだった？」

　背を向けたまま、茂平次が訊いた。

「それが、まだ長屋にはもどってねえようで――」

　鳥刺しの吉次のことである。

「まだ？」

　立ち上がって、茂平次が振り返った。

「どこかに出かけたんじゃねえのか」

「いえ、ゆんべ長屋を出ていったきり、今日になっても帰ってきた様子がねえと、近所のかみさんがそういっておりやした」

「吉次に情婦（いろ）はいねえのかい？」

「さァ、そこまでは、あっしも――」

「あいつも結構な遊び人だからな。白首女（しろくび）の家にでも入りびたってるのかもしれねえ。そのうちもどってくるさ」

茂平次は気にするふうもなくいった。そこへ、番頭の与兵衛が廊下を渡ってきて、

「旦那さま、南の御番所の仙波さまがお見えになりましたが」

と告げた。

「仙波？」

茂平次と浅吉は思わず顔を見交わした。二人とも虚（きょ）をつかれたような顔になっている。

何かいいかけた浅吉を目顔（めがお）で制して、

「客間にお通ししなさい」

と与兵衛に命じ、

「何か下心があるに違いねえ。おまえさんは隣の部屋に控えててくれ」

小声で浅吉にいいおいて、奥の客間に向かった。

「これはこれは仙波さま、わざわざお越しいただきまして」

敷居際に両手をついて、茂平次は慇懃に低頭した。

「驚いたかい？」

茶を飲んでいた直次郎が振り向き、皮肉っぽく笑いながら茶碗を盆に置いた。

「ええ、まあ――」

と茂平次はしたたかな笑みをうかべて、

「仙波さまも大胆なことをなさりますな」

「大胆？」

「世間の目もはばからず、堂々と手前の店をお訪ねになられるとは」

「世間はおれたちの正体を知らねえんだ。何もコソコソする必要はねえだろう」

「それはまァ、そうでございますが……、何か急なご用件でも？」

「ゆうべ、おめえの手下が小石川の明屋敷で殺されたぜ」

「ええッ」

茂平次は飛び上がらんばかりに驚いた。実際、尻が一、二寸（約三～六センチ）浮いたように見えた。

「殺（や）ったのは、おれの仲間だ」

「………」

茂平次は絶句している。数瞬の沈黙のあと、

「な、なぜ、それを仙波さまが――」

絞り出すような声でいった。

「当の本人から聞いたのさ」

茂平次は疑わしそうな目で見返した。

「信用できねえかい？」

「い、いえ、決して」

あわてて首を振ったが、茂平次の顔は信じていない。それを見透かしたように、

「無理もねえだろう。おれとおめえはまだ〝和解〟しちゃいねえからな」

「それは仙波さまのお気持ちしだいでございましょう。手前はそのつもりでおりましたが――」

「ようやく、おれも気持ちが変わったぜ」

「と申しますと？」

「おめえを敵に廻したら、勝ち目はねえとな」

「……………」

「自分の命は惜しくはねえが、女房の命だけは何としても守ってやりてえ。そのためには、おめえたちと手を組むしか方策がねえってことに気がついたんだ」

「つまり、手前どもに寝返ると――？」

「といっても、おめえはまだ信じねえだろう」

「できれば、その証を」

「見せてやるさ。おめえの目の前で仲間を斬ってやる」

「ほう」

茂平次の口から驚嘆の吐息が洩れた。

「それも先の話じゃねえ。今日だ」

「今日？」

「暮れ六ツ、護持院ガ原の二番原に仲間を呼び寄せた。一緒にきてくれれば、おめえの目の前でそいつを斬ってみせる」

悲壮な表情でいい切った。直次郎、一世一代の大芝居である。

「わかりました。お供いたしましょう」

といって、茂平次はゆったりと腰を上げ、

「支度をしてまいりますので」

隣室に入って行った。襖の陰に浅吉がうずくまっている。そこで二人のやりとりの一部始終を聞いていたのである。

茂平次が無言で目くばせすると、浅吉は立ち上がって、音もなく部屋を出て行った。

4

護持院ガ原——。

神田橋御門と一ツ橋御門のあいだの、大手濠北側に広がる宏大な火除け地（現在の内神田・神田錦町あたり）を江戸の人々はそう呼んでいる。

かつてこの原には、五代将軍綱吉の生母・桂昌院が帰依した怪僧・隆光が建立した護持院があったが、享保二年（一七一七）の火災で音羽の護国寺に移され、跡地は火除け地として空き地のまま残された。

「林泉の形残りて頗る佳景なり。夏秋の間はこれを開かせられ、都下の人ここに遊ぶ事をゆるさる。冬春の間は、時として大将軍家ここに御遊猟あり」

と『江戸名所図会』に記されているように、ときにはこの原で将軍家の鷹狩りが行われたという。いかに宏大であったか推して知るべしである。

護持院ガ原は三本の道で、一番火除け地から四番火除け地に区分されており、俗にこれを一番原、二番原、三番原、四番原と呼んでいた。そのうち一番原は、天明五年（一七八五）に武家地になり、消滅してしまった。

ドドーン、ドドーン、ドドーン。

突然、あたりの静寂を破って、太鼓の音が鳴り響いた。

時を告げる江戸城の大太鼓の音である。

江戸城内には櫓時計を備えた土圭の間というのがあって、定刻になると土圭坊主が汐見太鼓櫓の太鼓坊主に時刻を告げ、それを受けて太鼓坊主が太鼓を打って城中に時を知らせたのである。

暮れ六ツ（午後六時）――。

陽が没して西の空が桔梗色に染まっている。

二番原の樹林の中は、繁茂する樹葉に空がおおわれ、薄闇に領されていた。

江戸城の大太鼓が六ツを告げ終わったときである。

薄暗い樹林の小径に、忽然として二つの影が浮かび立った。仙波直次郎と『多賀屋』茂平次である。茂平次は例によって菅の一文字笠をかぶり、腰に脇差を落としている。

「お仲間とは、どこで——？」

茂平次が先を行く直次郎に小声で訊いた。

「あの大銀杏の下だ」

直次郎が前方を指さした。夕闇の奥に高さ四丈（約十二・一メートル）はあろうかという銀杏の大木が見える。

「まだのようですな」

「おっつけくるだろう」

「それにしても、仙波さま、よう決心なされましたな」

茂平次が世辞笑いを浮かべていった。

「泣いて馬謖を斬るってやつよ」

「でしょうな。ご心中お察しします」

「勘づかれるとまずい。おめえはそっちの藪にひそんでてくれ」

「はい」

うなずいて踵を返そうとすると、直次郎が振り向きざま、茂平次の鳩尾に当て身をくれた。ふいを食らって茂平次は白目を剝き、

「うっ」

と上体をくの字に折って前のめりに倒れた。

同時に、直次郎はパッと身をひるがえして跳びすさった。殺気を感じたのである。次の瞬間、小径のわきの茂みがザザッと揺れて二つの影が矢のように飛び出してきた。地廻りの浅吉と寸鉄の卯三郎だった。

「さすが茂平次だ。手廻しがいいな」

油断なく身構えながら、直次郎がいった。

浅吉は匕首を構え、卯三郎は右手に馬針をかざしている。

「てめえ、謀りやがったな！」

浅吉が吼えた。直次郎は横目でちらりと卯三郎を見た。

「妙な得物を持ってやがるな。おめえも殺し屋の一人か」

「うるせえ。死にやがれ！」

わめくと同時に、卯三郎は高々と跳躍して直次郎の頭上に跳んだ。右手ににに

ぎられた五寸（約十五・二センチ）の馬針が、まさに直次郎の頭頂に打ち込まれようとした、その瞬間、

しゃっ！

抜く手も見せず、直次郎の刀が一閃した。

ガツッと音がして何かが宙に舞った。切断された卯三郎の首である。胴体だけが数歩よろめいて草むらに倒れ伏し、宙に舞った首は立木の枝に突き刺さった。

「野郎！」

逆上した浅吉が、匕首を諸手に構えて突進してきた。

直次郎はとっさに横に跳んで切っ先をかわし、たたらを踏んでつんのめる浅吉の背後に素早く廻り込んで、その背中に袈裟がけの一刀を浴びせた。

「わッ」

悲鳴を上げて、浅吉はのけぞった。格子縞の広袖が斜めに切り裂かれ、剝き出しになった背中に赤い裂け目が走った。めくれ上がった肉の奥に白い背骨がのぞいている。

樹林の下草を血に染めて、浅吉は仰向けに転がった。

直次郎は刀の血ぶりをして鞘に納めると、小径に倒れている茂平次を抱え起こ

し、ずるずると引きずって大銀杏の木の下に運んだ。

そのとき、背後に足音がして、小径の奥に二つの影がにじみ立った。

直次郎は茂平次の体を大銀杏の幹にもたれかけさせると、素早く身をひるがえして樹林の中に走り去った。茂平次が息を吹き返したのは、その直後だった。

「――」

茂平次はうつろな目で四辺の闇を見廻した。

自分の身に何が起きたのか、なぜこんな樹林の中にいるのか、一瞬、茂平次には理解できなかった。狐につままれたような顔でよろよろと立ち上がったときである。

「清一郎さま、あそこです！」

突然、闇の奥に女の声がひびいた。

茂平次はハッと我に返って闇に目をこらした。二つの影が小走りに駆け寄ってくる。

小夜と熊倉清一郎だった。だが、茂平次はまだこの事態が理解できない。

「本庄辰輔だな！」

清一郎が叫んだ。白い鉢巻きに襷がけ、袴の股立を高く取っている。

「な、なんだ！　てめえたちは」

「熊倉伝之丞が一子・熊倉清一郎だ」

「熊倉？」

「伯父・伝兵衛、父・伝之丞の仇、覚悟！」

抜刀して茂平次の前に立った。

「そうか」

ようやく茂平次も事態に気づき、脇差を抜き取った。

「八丁堀の野郎、謀りやがったな」

清一郎が刀を青眼に構えて、じりじりと間合いを詰めてくる。小夜も懐中から短刀を引き抜いて身構えたが、それを目のすみに捉えた清一郎が、

「小夜さん、助っ人は無用だ。離れてくれ」

低くいった。うなずいて小夜は数歩後ずさった。その一瞬の隙を衝いて、

「返り討ちにしてやるぜ！」

茂平次が猛然と斬りかかってきた。

清一郎の刀が電光石火の速さで、すくい上げるように脇差をはね上げた。

キーン。

鏘然と鋼の音がひびき、闇に火花が散った。

（あっ）

と茂平次は息を呑んだ。脇差がはばき（鍔元）のあたりでぽっきり折れている。

「ち、ちくしょう！」

折れた脇差を地面に叩きつけると、茂平次はすかさずふところから匕首を引き抜き、

「おい、浅吉！　卯三郎！」

大声で叫んだ。が、応答がない。もう一度叫んだが、やはり応答はなかった。

茂平次の顔に狼狽が奔った。

清一郎の二の太刀が迫ってきた。あわててそれを避けようとした瞬間、木の根に蹴つまずいて、茂平次の体が大きくよろけた。

清一郎はすかさず踏み込んで、逆袈裟に斬り上げた。茂平次の胸からビュッと血が噴き出す。返す刀で左肩から斜めに斬り下げ、さらにとどめの一刀を茂平次の脾腹に突き刺した。切っ先は腹をつらぬいて背中に突き出ていた。

カッと目を見開いて仁王立ちになった茂平次の体を、突き放すようにして清一

郎は刀を引き抜いた。茂平次はドスンと丸太のように仰向けに倒れた。

はあー、と清一郎の口から安堵とも戦慄ともつかぬ吐息が洩れた。生まれてはじめて人を斬ったのである。昂りのために体が小きざみに震えている。

刀の血ぶりをして鞘に納めようとしたとき、

「清一郎さま！」

小夜が悲鳴を上げた。清一郎は思わず背後を振り返った。信じられぬ光景がそこにあった。全身血達磨の茂平次が匕首を振りかざして幽鬼のように立っている。

「き、貴様！」

「うおーっ」

異様な雄叫びを発して、茂平次が躍りかかってきた。生身の人間とは思えなかった。まさに地獄からよみがえった悪鬼である。清一郎は無意識裡に刀を横に払っていた。

ズンと鈍い手応えがあった。横一文字に腹を裂かれた茂平次は声もなく崩れ落ちると、四肢をひくひく痙攣させて、すぐに息絶えた。

「――清一郎さま」

小夜が駆け寄ってきた。

清一郎は血刀を提げたまま仁王立ちし、茂平次の死体をじっと見下ろしている。白皙の顔は昂りのために真っ赤に紅潮し、その目は若獅子のように爛々と光っている。

昨日、日本橋の橋上で出会ったときの清一郎とはまるで別人のように雄々しく、誇らしげなその姿に、小夜は思わず気圧されて数歩後ずさった。

「やった。……ついにやったぞ」

清一郎の口から低い声が洩れた。小夜の耳にも聞こえぬほど低い声である。両肩が小きざみに震えているのは、武者震いだろうか。声をかけるのをためらわせるほど、清一郎は高揚していた。

小夜はかたわらに佇立したまま、無言で見守っている。

清一郎の目にきらりと光るものがあった。涙だった。その涙が頬をつたってホロリと流れ落ちた瞬間、清一郎は我に返ったようにおのれの右手を見た。だらりと提げた刀の尖端から血しずくがしたたり落ちている。それをビュッと振り払って鞘に納めると、清一郎はゆっくり首をめぐらして小夜を見た。

「小夜さん」

「……」

「おかげで本懐をとげることができた。かたじけない」

清一郎は静かに頭を下げた。

「いえ、お礼なんて――」

小夜は声を詰まらせた。胸に熱いものが込み上げてくる。

「終わったな」

その一言に万感の思いがこもっていた。清一郎は鉢巻きと襷をはずし、袴の股立を解いた。衣服にはいささかの乱れもなく、髷も崩れていない。たったいま凄絶な死闘を演じた男とは思えぬほど、清々しく端整な立ち居姿にもどっている。

「行こうか」

「ええ」

にっこり微笑って、小夜は清一郎のあとについた。そんな二人の姿を木陰から見送った直次郎は、そっと踵を返して闇の深みに消えていった。

その足で、直次郎は日本橋小網町の半次郎の舟小屋をたずねた。

「うまくいきやしたか？」

小屋に入るなり、真っ先に訊いたのは万蔵だった。

「ああ、おめえの筋書きどおり、何もかもうまくいったぜ」

「そりゃ、よかった」

「ついでに茂平次の手下と殺し屋一人を始末してきた」

「へえ。殺し屋も一緒についてきたんですかい」

「万一に備えて、茂平次がその二人を二番原に伏せておいたようだ。おかげで一気に片がついたぜ」

「これで旦那も大手を振って歩けるようになりやしたね」

万蔵が黄色い歯を見せて笑った。

「おれだけじゃねえさ。江戸中の蘭学者や蘭方医者たちも、今夜から枕を高くして眠れるだろうよ」

「お二人にはお手数をおかけしやした」

半次郎がぼそりといって、

「一杯やっておくんなさい」

と奥から角樽（つのだる）を取り出してきた。

「ほう、灘（なだ）の下り酒か」

「元締めからの差し入れです」

「まさか、これで仕事料をチャラにするって魂胆じゃねえだろうな」

万蔵が軽口を叩く。

「とんでもございやせん。今回は元締めもたっぷりはずんでくれやしたよ」

二人の前に二十枚の小判を置いた。

「ひとり十両です」

「十両！」

ほとんど同時に、直次郎と万蔵は驚嘆の声を上げた。

5

翌朝、熊倉清一郎は月番の北町奉行所に出頭した。

江戸府内で仇討ちを遂げた場合、町奉行所に届け出ることが義務づけられていたからである。

清一郎の事情聴取に当たった北町同心の報告書にはこう記されている。

討手・伊予松山浪士・熊倉清一郎。

仇人・多賀屋茂平次。
右、茂平次儀。昨夕六ツ刻頃　護持院ガ原二番原にて、
右、熊倉清一郎に出会い、打果たされ候の由にこれあり候事。

日本橋は江戸の経済の中心地であり、五街道（東海道・中山道・日光街道・甲州街道・奥州街道）の起点でもある。

橋の南詰の高札場は、これから諸国に旅立つ人々、それを見送る人、長い旅路の果てに江戸に帰着した人、それを迎える人などで終日混雑していた。

悲喜こもごもの人生模様があやなされるその広場の一角に、ひっそりとたたずむ男女の姿があった。旅装の熊倉清一郎と小夜である。

「小夜さんには一方ならぬ世話になった。あらためて礼をいう」

清一郎が深々と頭を下げた。

「わたし、お礼をいわれるようなことは何もしておりません。それより、道中くれぐれもお気をつけて」

切れ長な小夜の目がうるんでいる。清一郎の顔にふっと笑みが浮かんだ。

「これでわたしも晴れて藩への帰参がかなう。郷里に帰ったらすぐ手紙を書く。

「小夜さんも健勝でな」

「ありがとう存じます」

「名残惜しいが、そろそろ――」

「わたしに構わず、どうぞ」

「では」

一揖すると、清一郎は小夜の視線を振り切るように足早に歩き出した。そのうしろ姿を小夜は雑踏の中にたたずんだまま、いつまでも、いつまでも見送っている。

やがて清一郎の姿が人混みの中に消えてゆくと、小夜は気を取り直すようにくるりと背を返して高札場から去って行った。そんな小夜の姿を、橋のたもとで、じっと見ている二人の男がいた。仙波直次郎と万蔵である。

「結局、片思いで終わっちまったか。お小夜さんもさぞつれえだろうなァ」

万蔵がしみじみとつぶやく。

「人生なんて、そんなもんよ」

妙に分別臭い顔で、直次郎がいった。

「自分の思いどおりに事は運ばねえ。それが世の常さ」

「あの侍のほうはどうだったんですかね？」

「どうって、何が？」

「少しは、お小夜さんに気があったんですかね」

「それはねえだろう」

直次郎はあっさりいってのけた。

「まるでなかったんですかい？」

「ああ」

とうなずいて、直次郎はゆっくり歩き出した。万蔵があとを追って、

「なぜ、そういい切れるんで？」

「ここだけの話だがな」

歩きながら、直次郎がいった。

「熊倉清一郎には女房子供がいるらしいんだ、国元に」

これは今朝方、例繰方の米山兵右衛から聞いた話である。その兵右衛は清一郎の事情聴取に当たった北町の同心から情報を得たらしい。

「へえ。あの男に妻子がねえ」

万蔵が意外そうにつぶやいた。

「小夜には内緒だぜ」

「へえ」

「だからな。小夜のためにはこれでよかったんだよ、これで——」

そういって、直次郎は片目をつぶってみせた。

そのとき晴れた空から霧のような雨が降ってきた。

日照雨だった。

注・本作品は、平成十七年四月、小社から文庫判で刊行された、
『四匹の殺し屋　必殺闇同心』の新装版です。

一〇〇字書評

切・り・取・り・線

購買動機（新聞、雑誌名を記入するか、あるいは○をつけてください）

□（　　　　　　　　　　　　　　）の広告を見て	
□（　　　　　　　　　　　　　　）の書評を見て	
□ 知人のすすめで	□ タイトルに惹かれて
□ カバーが良かったから	□ 内容が面白そうだから
□ 好きな作家だから	□ 好きな分野の本だから

・最近、最も感銘を受けた作品名をお書き下さい

・あなたのお好きな作家名をお書き下さい

・その他、ご要望がありましたらお書き下さい

住所	〒				
氏名		職業		年齢	
Eメール	※携帯には配信できません		新刊情報等のメール配信を 希望する・しない		

この本の感想を、編集部までお寄せいただけたらありがたく存じます。今後の企画の参考にさせていただきます。Eメールでも結構です。

いただいた「一〇〇字書評」は、新聞・雑誌等に紹介させていただくことがあります。その場合はお礼として特製図書カードを差し上げます。

前ページの原稿用紙に書評をお書きの上、切り取り、左記までお送り下さい。宛先の住所は不要です。

なお、ご記入いただいたお名前、ご住所等は、書評紹介の事前了解、謝礼のお届けのためだけに利用し、そのほかの目的のために利用することはありません。

〒一〇一-八七〇一
祥伝社文庫編集長　坂口芳和
電話　〇三（三二六五）二〇八〇

祥伝社ホームページの「ブックレビュー」からも、書き込めます。

www.shodensha.co.jp/bookreview

祥伝社文庫

必殺闇同心（ひっさつやみどうしん）　四匹の殺し屋（よんひきのころしや）　新装版（しんそうばん）

令和 2 年 8 月 20 日　初版第 1 刷発行

著　者　黒崎裕一郎（くろさきゆういちろう）

発行者　辻　浩明

発行所　祥伝社（しょうでんしゃ）

東京都千代田区神田神保町 3-3

〒 101-8701

電話　03（3265）2081（販売部）

電話　03（3265）2080（編集部）

電話　03（3265）3622（業務部）

www.shodensha.co.jp

印刷所　堀内印刷

製本所　ナショナル製本

カバーフォーマットデザイン　中原達治

ISBN978-4-396-34656-0 C0193

〈祥伝社文庫　今月の新刊〉

福田和代
S&S探偵事務所　最終兵器は女王様
最凶ハッカーコンビがIT探偵に？　危険なバディが悪を討つ、痛快サイバーミステリ！

あさのあつこ
天を灼く
父は切腹、遺された武士の子のひたむきな生を描いた青春時代小説シリーズ第一弾！

黒崎裕一郎
必殺闇同心　四匹の殺し屋　新装版
特異な業を持つ〝殺し人〟を始末せよ！　法で裁けぬ悪を〈闇の殺し人〉直次郎が成敗す！

有馬美季子
はないちもんめ　福と茄子
話題の二枚目の四人が、相次いで失踪。現場には黒頭巾の男の影が。人情料理&推理帖！

辻堂　魁
残照の剣　風の市兵衛　弐
二十五年前の闇から浮かび出た、市兵衛をつけ狙う殺生方の正体とは！

今月下旬刊　予定

安達　瑶
内閣裏官房
忖度、揉み消し、尻拭い、裏取引――超法規的措置でニッポンの膿を〝処理〟する！

今村翔吾
襲大鳳（上）　羽州ぼろ鳶組
父を喪った〝大学火事〟から十八年。新庄藩火消頭・松永源吾は、再び因縁と対峙する。